聆听爱的声音

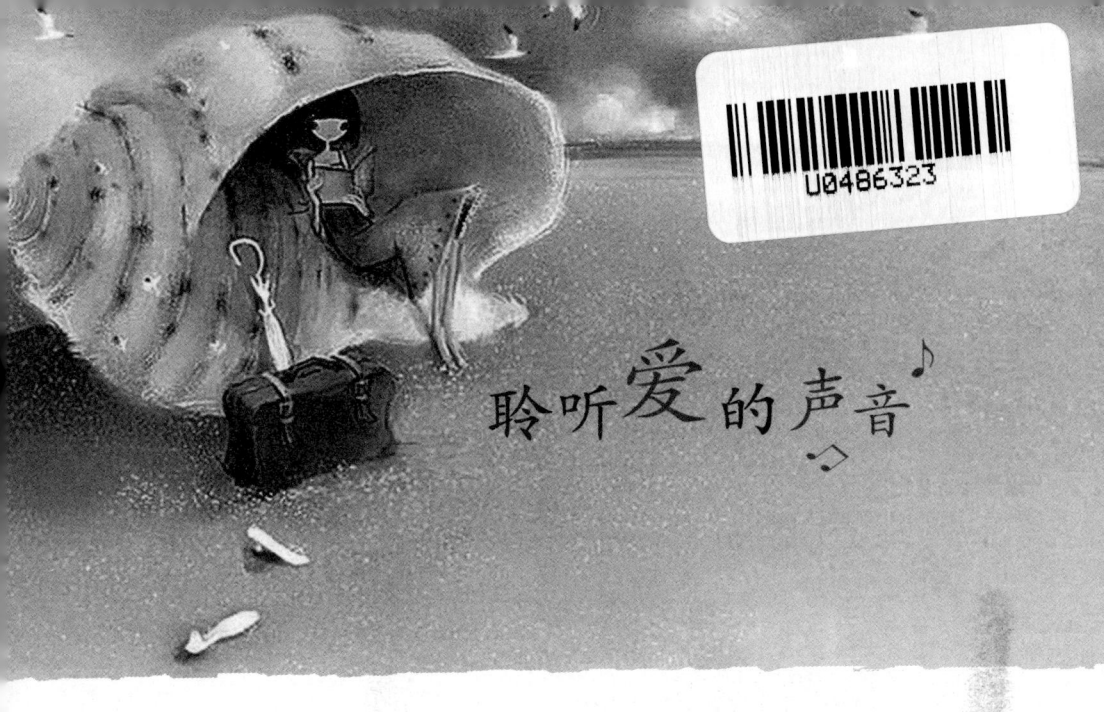

感动中国学生的

333个

真情故事

感动一生书系
学生图文版

总策划／邢涛　主　编／龚勋

爱是阳光，爱是雨露，爱帮我们洗涤沾灰的灵魂
爱是宽容，爱是责任，爱是我们战胜一切不幸的力量和勇气
翻开本书，让我们来倾听平凡人用爱谱写的真情之歌
如果你愿意，请同我们一起轻声吟唱……

汕头大学出版社

推荐序
你的心中有盏灯

世界儿童基金会 林素富

有个小女孩，父母经常要很晚才能回家。每天晚上她自己回家时都必须经过一段黑漆漆的小路。我问她，一个人走夜路害怕不害怕，孤单不孤单？她说，爸爸妈妈告诉她，虽然路上无灯，但只要心中有盏灯亮着，就不会孤单，不用害怕……

这些年来，我时常会想象这盏灯应该是什么模样；直到最近，看到这套感动一生书系，我才发现我寻找的那盏灯原来就在这里：它是真情之灯、快乐之灯、美德之灯，也是励志之灯、智慧之灯！

这个系列的六本书汇集了古今中外各类经典的小故事。这些历久弥新的小故事温柔地抚摸到我们内心的深处，让我们的心一点一点温暖起来。同时，这些故事让我们在不知不觉中学会感受来自身边的真情，学会快乐人生的经营之道，学会关怀他人，学会奏出生命的强音，学会点亮人生的智慧之光……

青春之路，很少会有人走得一帆风顺。当烦恼来临时，你选择用什么态度面对？如果你的心中已经有了这盏灯，相信你也就有了自己的决定！

审定序

青少年时代的心灵伙伴

中国儿童教育研究所 陈 勉

青春期的孩子愿意自己选择自己喜爱的读物。他们不爱读长篇大论的说教、一本正经的训诫。那些清新隽永的短篇故事、美文反而能令他们沉浸其中，引发他们的人生思考。

这套感动一生书系所选的小故事，考虑到了青少年青春期的成长特点，考虑到了他们既需要人生指导，又反感生硬灌输的心理，包含了真情、幽默、品德、励志和智慧等几个人生的重要方面。这些故事的作者，有的是声名卓著的文学名家，有的是富于人生经验的思想智者。他们文笔优美，思想丰富。在青少年时代能读到他们的作品，会成为人相伴一生的心灵伙伴。

此外，这套书中的每则故事都配有美丽的插画，传达出语言所难以表达的微妙情感。读者在阅读文字的同时，不仅会被故事的情节所感动，更会沉浸在画面所营造的美好意境当中！

聆听爱的声音……

前言
Foreword

　　爱的声音在哪里？在花前月下的低声细语中，在锅碗瓢盆此起彼伏的响声中，在婆婆妈妈的唠叨声里，在牵肠挂肚的叹息声中，在度日如年的相思里……朋友，在成长路上不要匆匆而过，请适时驻足，聆听一下爱的声音！

　　在中学这段充满激情的青春岁月里，年轻的心中开始萌生诗一般的情愫，渐渐懂得感悟生活，也常常会被一些感人至深的真情打动。这本《感动中国学生的100个真情故事：聆听爱的声音》就是献给这样一群渴望聆听爱之声的读者朋友们的。

　　全书选取了众多风格清新隽永的情感故事，再配上赏心悦目的插画，徐徐道出人间无处不在的真情，其中有给我们天使般呵护的父母之爱，有给我们谆谆教诲的师生之情，有在菁菁路上与我们并肩而行的同窗之谊，有茫茫人海中偶遇的感动……那一则则感人的真情故事，就是一座座心灵停泊的港湾，让你在静心阅读时，再次回味人间温情满溢的至情至爱。

目录 Contents

9	爱谁都值得	53	伏天的"罪孽"
12	爱在心里有多重	56	感恩尴尬
14	半边钱	59	共同的秘密
17	半瓶香油	61	购买上帝的男孩
19	毕业的礼物	63	姑妈的金首饰
22	便当里的头发	66	故乡无语
24	不准打我哥哥	70	和父亲掰手腕
26	沉默是金	72	荒漠里的泪滴
28	床板上的记号	74	价值二十美金的时间
32	打往天堂的电话	76	老师，我站着呢
36	胆小鬼	78	零下二十度的爱情
38	第一百个客人	81	六个馒头
40	第一趟班车	85	没结婚的父母
42	地震中的父与子	89	没有拆开的信
45	吊在井桶里的苹果	93	没有人能独自成功
49	放弃天堂的导盲犬	96	每一个脚印都是你自己走的

棉袄与玫瑰	99
母爱是一根穿针钱	102
母亲的生日	104
母亲的信念	106
母亲的牙托	108
母亲的作业	110
你的肩上有蝴蝶吗	113
奇迹的名字叫父亲	117
欠父亲一声"谢谢"	119
秋天的怀念	121
生命时钟	124
生死跳伞	126
世上最美味的泡面	129
所有的母亲都是一样的	131
她是我的朋友	134
他只是一个普通人	137
天使的翅膀	141
为善良感动	145
未上锁的门	148
选择拯救	150
最后四根棒冰	153
最后一块钱	156

聆听爱的声音……

一篇篇平凡人的故事，轻轻拨动我们的心弦，敲击出爱的声音……

爱谁都值得

只要肯打开心灵的窗，把爱撒播出去，又何必在乎谁是爱的对象！

撰文/马德

他原本是一个弃婴，二十年前被一个女人抱回家。

这家就夫妻俩，四十岁上下，膝下无儿无女，住在这座城市的边上。他们的日子过得也很凄凉，丈夫有病长年卧床，女人靠出外帮别人做事或者去城郊拾破烂养家糊口。然而，这家人对孩子并不薄，视同己出，虽然过得苦巴巴的，还是买了奶粉、鸡蛋，一点点把孩子拉扯大。

长大后，小学没念几天，他就不上了，跟着一帮孩子胡混。开始，他还回家。后来，一看到养父病恹恹地躺在床上，养母头发蓬乱地忙这忙那，他就有点烦这个家了。有一次，在城里的公园，他跟几个孩子抢了民工的钱，结果被抓了起来。放出来后，他想，如果那个家有一点儿嫌弃他，他就彻底离开。然而养母依旧亲热地待他，似乎什么也没有发

生一样。

之后，他的养父死了。他的养母也愈发老了，像风中的蜡烛，头发花白而蓬乱，也愈加憔悴了。到了就业的年龄，他没有找到工作，一天到晚四处闲转。结果，因为一次合伙抢劫，他被判了五年徒刑。五年的日子是灰暗的，这期间，还是这位六十多岁的养母，千里迢迢，奔到他服刑的监狱，探视他。望着已经风烛残年的养母，他有些痛心，觉得有些对不起她。

出来后，他并没有回到养母所在的那座城市。他辗转了好几个地方，最后在另一座城市待了下来。几乎没有安稳几天，他便又和当地一些不三不四的人勾搭到了一起，这一次，他们要做一宗大买卖。然而，蹊跷的是，那天他们一伙人几乎就要得手了，结果他负责引爆的炸药，竟然没缘由地哑了火。因为炸药没有爆炸，运钞车安然无恙，周围的人安然无恙，而他们却被警方抓获了。在警方的询问中，他交代，他之所以没有引爆炸药，是因为在即将点燃引线的一刹那，他发现，旁边有一个蹬着三轮车的白发蓬乱的老女人，像极了自己的养母。

他的这一闪念，引起了警方的注意。通过当地派出所查询，得知他的养母还活着，警方便千里迢迢把他的老母亲接来，安排与他见面。当养母看到自己儿子的时候，便一下子扑上去抱住了他，母子俩抱头失声痛哭。养母说："你的事情，警察都和我说了。"他哭得愈加不能控制了，说："妈妈啊，儿子对不起你，对不起你这么多年含辛茹苦的抚养。我这样狼心狗肺的家伙，辜负了你这么多年的爱。"接着他有些撕心裂肺地喊道："妈妈，你爱错人了……"

"不，"养母拢了拢头发，接着说，"妈妈并没有爱错人。是的，在这之前，妈妈也曾伤心过，对你几乎已经不抱什么希望了，但是，这一次你所做的，让妈妈知道了，妈妈并没有爱错你！"

故事的结局很简单，漫长的刑期之后，他也已经一大把年纪了，在一个偏僻而陌生的城镇开了一家小吃店。没有人知道他是从什么地方来的，原来是干什么的。那里的人们所知道的是，他接济过不少需要帮助的人，他是一个很有善心的人。

他死之前，把他的那家店留给了一个孤儿。他给这个孤儿的遗言只有一句话，据说那句话是他的养母留给他的："这个世界，爱谁都值得。"

爱在心里有多重

爱没有重量，却又最重，在牵挂时压得人喘不过气来，在伤心时让人心疼……

撰文/佚名

在医院里，一个中年妇女背着她的丈夫爬楼梯，他们要去四楼。丈夫近二百斤重，可她却上得毫不停顿，在二楼还遇见了一个送氧气瓶的工人。工人扛着一个中型氧气瓶也正在爬楼，累得气喘吁吁。

工人看见中年妇女背着一个很胖的男人上楼，心里很吃惊，于是紧赶了几步对她说："大嫂，你体力很好啊！你看我扛五十公斤的氧气瓶都累得不行，你背的大哥怎么也有八十公斤，你却走得比我还快！"中年妇女说："你扛的只是一个氧气瓶，而我背的却是我丈夫！"说完，几步又把工人甩在了下面。

工人心想，亲情或爱情的力量果然大，看这个瘦弱的大嫂背着她的亲人却一点儿也感觉不出重，于是他感慨着把氧气瓶扛上了顶楼。当他下来的时候，在四楼的走廊里又看见了那个大嫂，此时她正蹲在走廊里，把头埋在膝上，满头的汗水。于是，他走过去，好奇地问："大哥呢？"中年妇女抬起头说："送进去抢救了！"他又问："刚才你背他上楼都没有累得满脸淌汗，怎么现在站都站不起来了呢？"中年妇女说："我是在为我的丈夫担心啊！"

工人忽然明白，真正的重量是压在大嫂的心上。她心中的那份牵挂担忧，比之任何压在背上的负荷都要重得多啊！

想想看，在生活中，我们每个人的心中都装满着对亲人的沉甸甸的爱啊！而亲人对自己的关爱更是沉积在内心的最深处，无时无刻不在给我们以温暖的重量。我们正是因为有了这些爱，才能在漫漫长远的人生坎坷路上，走得更稳，走得更远！

半边钱

穷困得住人的生活，困不住浓浓的父爱。

撰文/驮驮

大学学费每年要五千元。"我连假钱都没得一张。"爹说。

吃饭时，爹不是忘了扒饭，就是忘了咽，眼睛睁得圆鼓鼓的，仿佛老僧入定，傻愣愣地坐着。"魂掉了。"妈心疼地说。

吃完，爹扔下筷子，放下碗，径自出去。

我知道，爹准备卖掉为自己精心打造多年的寿方。在我们土家族聚居的大深山里，做寿方是和婚嫁一样重要的事情。老人们常满脸严肃地对后生小子们叮嘱："宁可生时无房，不可死时无方（棺材）。"山寨人一生最大也是最后的希望，便是有一副好寿方。

爹的寿方因为木料好，做工好，油漆好，在方圆几十里数第一。听说爹要卖寿方，穷的富的都争着要买。当天下午，一位穷得叮当响的本

聆听爱的声音

房叔叔以一千五百元的高价买走了爹的寿方——爹最后的归宿。

当我离家上学时,加上叮当作响的十来个硬币和写给别人的两三张欠条,竟有"巨款"四千五百元!另外,三亲六戚这个十元,那个二十元,学费总算勉强凑齐了。

爹送我,一瘸一瘸的——在悬崖烧炭摔的。

四天过后,到了千里之外的南京,报了到。于是,爹厚厚的"鞋垫"变薄了。他脱下鞋,摸出剩下的钱,挑没人的地方数了三遍,三百二十六元零三分,他全给了我。我老蜷在床上,像只冬眠的动物。生活费还差一大截儿,我没心思闲逛。晚上,爹和我挤在窄窄的单人床上,我不知什么时候睡着了,又好像一整夜都没睡着。当我睁开眼睛时,天已大亮,爹早已出去了。

中午爹才回来，尽管满头大汗，脸上却没有一点血色。"给，生活费。"爹推推躺在床上的我，递给我一叠百元纸币。我困惑地看着他。"今早在街上遇到一个打工的老乡，向他借的。"爹解释，"给你六百，我留了二百块路费。我现在去买车票，下午回去。"说完，又一瘸一瘸地、笨拙地出去了。

他刚走，下铺的同学便问我："你爸有什么病？我清早在医院里碰见了他。"我明白了：父亲在卖血！

下午，我默默地跟在爹后面送他上车。买了车票，他身上仅剩下三十块。列车缓缓启动了。这时爹从上衣袋中摸出一张皱皱巴巴的十块钱，递给站在窗边的我。我不接。爹将眼一瞪："拿着！"我慌忙伸手去拿。就在我刚捏着钱的一瞬间，列车长吼一声，向前疾驰而去。我只感到手头一松，钱被撕成了两半！一半在我手中，另一半随父亲渐渐远去。望着手中污渍斑斑的半截儿钱，我的泪水夺眶而出。

仅过了半个月，我便收到爹的来信，信中精心包着那半截儿钱，只一句话："粘后用。"

半瓶香油

离乡的游子惦念家中的亲人,哪怕人已黄昏,这段情结依旧。

撰文/彭永强

故事发生在一九九三年,那时离春节只有一个月的时间了。从香港海关到大陆的人特别多,因此,工作人员也格外忙碌。

一位老人吸引住了他们的眼光。他衣着朴素,随身仅带一个简易的旅行包,然而,令人不解的是,他的右手提着一个瓶子,瓶子里有半瓶黄澄澄的液体。

一位工作人员按捺不住好奇心,问他:"这位先生,您的瓶子里装的是什么呀?"老人淡淡地说:"是香油。"

所有在场的人都感到不可思议,这位老人千里迢迢地赶往大陆,竟带着半瓶香油。"您这是为什么呢?"一位女士终于忍不住问道。

老人脸上浮现出了凄楚的神色,缓缓地说:"这是我母亲让我买的。四十四年前的一个中午,母亲正在做饭。饭马上就要做好了,却发现家中没有了香油,她拿出一些零钱来,让我到不远处的一家卖油铺去打半斤香油。临走时,她还说:'孩子,你跑快一点,娘马上就把饭做好了,别耽误吃饭。'"这时,泪从他的眼角流出来。顿了一顿,老人接着说:"我刚走出家门,就碰到了一群穿军装的人,他们用枪逼着我,让我帮他们拉大炮。后来,为了活命,我就跟随着他们一起打仗。再后来,我随着军队到了台湾……这几十年,我得不到一点儿家中的消息。直到三年前,我才和家乡的亲人联系上。他们说,我母亲在我走了之后就疯了,见人就说等着我打香油回家……"

老人的故事讲完了。所有的人都安静地听着,不少人眼中泛起了闪闪的泪光,老人已是满脸的泪水。

毕业的礼物

用一颗感恩的心，来报答同学们长久以来给予的点点关怀，这份礼物弥足珍贵。

撰文/吴跃明

四年寒窗，就要分别，不少人都在准备毕业的礼物送给同学。我发现只有林志默默地坐在一边。我知道他来自边远的山区，家里穷，没有钱买什么礼物送给同学。

看到他这样，我们就停止谈礼物的事。他见我们沉默了，就笑笑，说："我也要给大家一份礼物的。"我们劝他："没必要啊，有这份心意就行了。"他说："我是真心的。"

林志和我是一个寝室的。四年来，我们朝夕相处，因此他的情况我比较清楚。每次开学的时候，他都会从家里带两罐子腌萝卜、腌咸菜来，不为别的，就为下饭。每天吃饭时，他只打饭，然后回寝室吃他的腌咸菜。尽管如此，他还是节省着吃，尽量让腌咸菜吃得久一点。可再

怎么节省也吃不了一学期呀。看到他学期末吃白饭的时候，同学们都会自觉地资助一点饭菜票给他。我呢，因住在市内，时不时地会从家里带点鱼呀肉呀什么的，让他尝尝荤。星期天，我们住市内的同学也会轮流邀请他到家里玩，其实也有让他改善伙食的意思。

冬天的时候，他穿着单薄，同学们会把自己家的衣服送给他，虽然都是旧的，可大家知道，林志需要。可以说，四年来，班里的三十五名同学，就有三十四名帮助过他。

虽然家境贫寒，可林志学习很用功，在我们打牌、聊天、听音乐会或者谈恋爱的时间里，他不是在教室就是在图书馆。而且，他还会把自己点点滴滴的感受写成文字，寄到报社发表。他用得到的稿费交学费或买书。我们也曾戏言要他请客，但一次也没真的要他请过。我们知道，每一笔稿费对他来说都很重要。

　　毕业典礼就在我们的教室举行，同学们互写赠言、互送礼物。四年里，虽然有恩怨也有辛酸，可想到马上就要天各一方，心头都不免有些酸楚。

　　这时候，我发现林志不见了。林志呢？正当我们要寻找他时，他却抱着一摞笔记本进来了。怎么这么俗呀？都毕业了，还给大家送笔记本？他没理会大家，往每人手里塞了一本。然后，他走上讲台，打开笔记本并举着，说："这是我四年来发表的作品，我精选了三十五篇出来，我发现每个同学都给过我帮助，每个同学的关怀我都用笔记录了下来。我把它们复印并贴成了三十五个笔记本。大家给我的帮助我无以回报，但这些真挚的情感会一辈子留在我心里！"他深深地鞠躬，久久没有抬起头来。等他抬起头时，我发现他已热泪盈眶。

　　静，静得可以听到心跳的声音。我们都被感动了。我们当初的付出真的是微不足道，但我知道，因为有了这个特殊的礼物，我们之间的友情变得更加珍贵了。

便当里的头发

当爱与被爱同时为对方所理解接受的时候，这便是一种幸福。

撰文/韩哲

在那个贫困的年代里，很多同学往往连带个像样的便当到学校上课的能力都没有，我邻座的同学就是如此。他的饭菜永远是黑黑的豆豉，我的便当却经常装着火腿和荷包蛋，两者有着天渊之别。

而且这个同学每次都会先从便当里捡出头发，之后再若无其事地吃他的便当。这个令人浑身不舒服的发现一直持续着。

"可见他妈妈有多邋遢，竟然在每天的饭里都有头发。"同学们私底下议论着。为了顾及同学自尊，又不能表现出来，总觉得好肮脏，因此对这同学的印象，也开始大打折扣。

有一天学校放学之后，那个同学叫住了我："如果没什么事就去我家玩吧。"我虽然心中不太愿意，不过自从同班以来，他第一次开口邀

聆听爱的声音

请我到家里玩，所以我不好意思拒绝他。我随他来到了位于汉城地形最陡峭的某个贫民村。

"妈，我带朋友来了。"听到同学兴奋的声音之后，房门打开了。他的母亲出现在门口。

"我儿子的朋友来啦，让我看看。"但是走出房门的同学母亲，只是用手摸着房门外的梁柱。原来她是双眼失明的盲人。

我感觉到一阵鼻酸，一句话都说不出来。同学的便当里的菜虽然每天如常都是豆豉，却是眼睛看不到的母亲小心翼翼地帮他装的便当，那不只是一顿午餐，更是母亲满满的爱心，甚至连掺杂在里面的头发，也一样是母亲的爱。

不准打我哥哥

家人永远会保护自己，这是不变的真理。

撰文/佚名

刚上小学时，每到放学，我总喜欢拖着弟弟，偷偷摸摸地溜到国小的沙坑里玩沙子。有一天，在这个有欢笑有汗水的沙堆中，发生了一件令我毕生难忘的事。那是一个比我高一个头的小子，大声嚷嚷，怪我弟弟侵犯了他的地盘。我站在沙坑外边看着弟弟紧抿着双唇，睁着大眼睛瞪着他。我幸灾乐祸地看调皮捣蛋的弟弟会怎么整他。

那个国小二年级的小子看我弟弟不理他，开始有点生气了。他上前一步，二话不说就朝弟弟的胸前用力推了一把，弟弟那瘦小的身躯就像是纸扎的，向后跌倒在地。我来不及细想，就发狠似的冲过去，整个身体朝那小子撞上去，两个人滚倒在沙堆中。

他把我的头朝下压在地上，用拳头猛捶我的身体，然后伸脚朝我踹过来，结结实实地踹在我的脸上！我被踢得往后滚了一两圈才坐起，首先映入眼帘的是弟弟惊恐的表情！我顺手抹一下脸，血！满手掌的血！我呆住了，不知道该怎么办，脑中一片空白。

"不准打我哥哥！"我抬起头，看见弟弟站在我的面前，两只小手张得开开的，身体呈大字形挡在我身前，脸上的泪还没有干，一抽一吸的……

"不准打我哥哥！"他大声地说了第二次。我看着那个平时供我使唤、调皮捣蛋的小鬼头，胸口莫名地悸动。

不知何时，那个恶狠狠的小子早已离开了。我站起来去牵弟弟的手，他站在那不动。我把他拉过来。他紧紧闭着双眼，泪水却从他长长的睫毛中涌出。他只是流泪，却不哭出声，口里喃喃地说："不准打我哥哥……"

原来有些感情是会直接用生命去保护的……

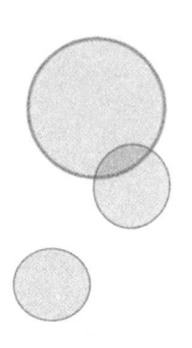

沉默是金

在青春有爱的岁月里，小小的善举不经意改变了脆弱的生命，无言的关怀胜过一切。

撰文/秦文君

他念初三，隔着窄窄的过道，同排坐着一个女生。她的名字非常特别，叫冷月。冷月是个任性的女孩，轻易不同人交往。有一次，他将书包甩上肩时的动作过火了，把她漂亮的铅笔盒打落在地。她拧起眉毛望着不知所措的他，但最终还是抿着嘴没说一句不中听的话。他对她的沉默心存感激。

不久，冷月住院了，据说她患了肺炎。男生看着过道那边空座位上的纸屑，便悄悄地捡去扔了。男生的父亲是肿瘤医院的主治医生，有一天回来就问儿子认识不认识一个叫冷月的女孩，还说她得了不治之症，连手术都无法做了，唯有等待，等待那最可怕的结局。

以后，男生每天把冷月的座位擦拭一遍，但他没对任何人吐露这件事。三个月后，冷月来上学了，只是脸色看着苍白。班里没有人知道真相，连冷月本人也以为仅仅是诊断书上写着的肺炎。

男生变了，他常常主动与冷月说话，在她脸色格外苍白的时候为她倒杯热水；在她偶尔唱一支歌时为她热烈鼓掌；还有一次，听说她生日，他买来贺卡，动员全班同学在卡上签名。大家议论纷纷，相互挤眉弄眼，说他是冷月忠实的骑士，冷月得知后躲着他。可他一如既往，缄口为贵，没有向任何人吐露一点风声。

这期间，冷月高烧过几次，忽而住院，忽而来学校，但她的座位始终被擦拭得一尘不染，大家已习惯他对冷月异乎寻常的关切及温情。直到有一天，奇迹发生了，冷月体内的癌细胞突然找不到了。医生说高烧只在非常偶然的情况下会杀伤癌细胞，这种概率为十万分之一，纯属奇迹。这时，冷月才知道发生的一切，才知道邻桌的他竟是主治医生的儿子。冷月给男生写了一张条子：谢谢你的沉默。男生没有回条子，他想起以前那件小事上她的沉默……

床板上的记号

谁说继母总是狠心又恶毒的,看看床板上那一道道记号,这份爱难道是假的吗?

撰文/代弘

接到父亲说继母病危的电话,他正和单位的同事一起在海口度五一长假,订的是第二天上午的回程机票。他犹豫了一下,还是没有马上赶回家。等他回到家的时候,还没进门,就已经听到家里哭声一片。

见到他,眼眶红红的父亲边拉着他到继母遗体前跪下,边难过地说:"你婶婶(他只肯称呼继母为"婶婶")一直想等你见最后一面,可她终归抗不过阎罗王,两个钟头前还是走了。"说着,父亲不住地擦拭着溢湿的眼角。而他只是机械地跪下,叩了几个头。然后,所有的事便与他无关似的,全丢给父亲和继母亲生的妹妹处理。

其实,自从生母病逝,父亲再娶,这十五年来,他已经习惯认定这个家里的任何事都与自己无关。人们都说,后母不恶就已经算是好的了，不是自己身上掉下来的肉，有谁会真的心疼？父亲的洞房花烛夜，是他的翻肠倒肚时。在泪眼朦胧中，十一岁的他告诉自己：从此，你就是没人疼的人了，你已经失去了母爱。

他对继母淡淡地，继母便也不怎么接近他。有一回，他无意中听到继母和父亲私语，他只听得一句"小亮长得也太矮小了，他是不是随你啊"，心中便暗自愤怒，讥笑我矮便罢了，连父亲她也一并蔑视了。又有一回，他看到桌上有一盒"增高药"，刚打开看，跟他同岁的妹妹过来抢，两个人打了起来。继母见状，嘴里连连呵斥妹妹，说这是给哥哥吃的。可是，他却马上被父亲打了一顿。他想，这个人的"门面花"做得真好，可话说得再好听，心里偏袒的难道不是自己的亲生女儿？连带着父亲的心都长偏了。

疏离的荒草在心中蔓延，他少年的时光已不剩春光灿烂的空间。什么是家，什么是亲情，他不去想，更不看继母脸上是阴过还是晴过，他只管读自己的书，上自己的学，然后离开这个自己感觉不到自己存在的家。

丧事办完了，亲友散尽，他也快要回公司了。父亲叫他帮忙收拾房间，以前都是继母一个人做这些事。看着忙碌的他们，父亲拿出一个东西来

说:"小亮,这是婶婶留给你的。"他一看,是个款式土里土气又粗又大的金戒指,就无所谓地说:"嗯,妹妹也有吧?""是的,你俩一人一个。"说着,父亲掏出另一个,要细小得多。他不为所动,把自己的那个推回给父亲说:"给妹妹吧。"父亲犹豫了一下,把东西放回口袋里,说先替他收着。

他继续收拾房间,忽然看到自己睡了十几年的床板边沿有许多乱七八糟的铅笔涂写的痕迹。他奇怪地问:"哪个小孩这么淘气,在这里乱画?"

"是你婶婶在你小时候画的。她知道你不喜欢靠近她,就经常等你

熟睡以后，拉平你的身子，用铅笔在床上做好记号，然后再用尺子仔细量，看你长高没有。有时候还不到一个月，她就去量，看你没长高就急。你最讨厌吃的那个田七，就是她为了让你长高而买的。她眉头上那道疤，就是为了挣工钱给你买增高药，天天去采茶，有一次不小心跌倒在石头上磕破的。她老担心你长大后像我一样矮，说男孩子个头矮不好讨老婆……"

　　父亲的话语声轻轻的，却似晴天霹雳，把他冰封的心炸出了春天。一直以为不会拥有的风景，不会拥有的爱，其实早就像床板上那些淡淡的铅笔记号，默默地陪他度过了日日夜夜。母爱，不只生长在血缘里。

　　他流着泪，跑到继母的遗像前，叫了十五声"妈"，每一声代表一年。以后，他还将继续叫下去，因为母爱没有离开，当他懂得，就不再失去。

打往天堂的电话

心声要让你听到，爱要让你看见，尽管你在遥远的天堂……

撰文/昭云

　　一个春日的星期六下午，居民小区旁边的报刊亭里，报亭主人文叔正悠闲地翻阅着杂志。这时一个穿红裙子、十五六岁模样的小女孩走到报亭前，她四处张望着，似乎有点不知所措，看了看电话机，又悄悄地走开了，然后不多一会儿又来到报亭前。

　　不知道是反反复复地在报亭前转悠和不安的神情，还是女孩身上的红裙子特别鲜艳，引起了文叔的注意，他抬头看了看女孩并叫住了她："喂！小姑娘，你要买杂志吗？"

　　"不，叔叔，我……我想打电话……"

　　"哦，那你打吧！"

　　"谢谢叔叔，长途电话可以打吗？"

"当然可以！国际长途都可以打的。"

小女孩小心翼翼地拿起话筒，认真地拨着号码。善良的文叔怕打扰女孩，索性装着看杂志，把身子转向一侧。小女孩慢慢地从慌乱中放松下来，电话终于打通了："妈……妈妈！我是小菊，你好吗？妈，我随叔叔来到了桐乡，上个月叔叔发工资了，他给了我五十块钱，我已经把钱放在了枕头下面，等我凑足了五百块，就寄回去给弟弟交学费，再给爸爸买化肥。"

小女孩想了一下，又说："妈，我告诉你，我叔叔的厂里每天都可以吃上肉呢，我都吃胖了，妈妈你放心吧，我能够照顾自己的。哦，对了，妈妈，前天这里一位阿姨给了我一条红裙子，现在我就是穿着这条红裙子给你打电话的。妈妈，叔叔的厂里还有电视看，我最喜欢看学校里小朋友读书的片子……"突然，小女孩的语调变了，不停地用手揩着眼泪，"妈，你的胃还经常疼吗？我好想家，想弟弟，想爸爸，也想你。妈，我真的真的好想你，做梦都经常梦到你呀！妈妈……"

女孩再也说不下去了，文叔爱怜地抬起头看着她。女孩慌忙放下话筒，慌乱中话筒放了几次才放回到话机上。

"姑娘啊，想家了吧？别哭了，有机会就

回家去看看爸爸妈妈。"

"嗯，叔叔，电话费多少钱呀？"

"没有多少，你可以跟妈妈多说一会儿，我少收你一点儿钱。"

文叔习惯性地往柜台上的话机望去，天哪，他突然发现话机的电子显示屏上竟然没有收费显示，女孩的电话根本没有打通！"哎呀，姑娘，真对不起！你得重新打，刚才呀，你的电话没有接通……"

"嗯，我知道，叔叔！其实……其实我们家乡根本没有通电话。"

文叔疑惑地问道："那你刚才不是和你妈妈说话了吗？"

小女孩终于哭出了声："其实我没有了妈妈，我妈妈死了已经四年多了……每次我看见叔叔和他的同伴给家里打电话，真羡慕他们，我就想和他们一样，也给妈妈打打电话，跟妈妈说说话……"

听了小女孩的这番话，文叔禁不住用手抹了抹老花镜后面的泪花："好孩子别难过，刚才你说的话，你妈妈她一定听到了，她也许正在看着你呢，有你这么懂事、这么孝顺的女儿，她一定会高兴的。你以后每星期都可以来，就在这里给你妈妈打电话，叔叔不收你钱。"

　　从此，这个乡下小女孩和这城市的报亭主就结下了这段"情缘"。每周六下午，文叔就在这里等候小女孩，让小女孩借助一根电话线和一个根本不存在的电话号码，实现了把人间和天堂、心灵与心灵连接起来的愿望。

胆小鬼

在爱的世界里没有懦夫，这就是故事要告诉我们的！

撰文/佚名

有一对情侣，男的非常懦弱，做什么事之前都让女友先试，女友对此十分不满。

一次，两人出海，返航时，飓风将小艇摧毁，幸亏女友抓住了一块木板才保住了两人的性命。

女友问男友："你怕吗？"男友从怀中掏出一把水果刀，说："怕，但鲨鱼要来，我就用这个对付它！"女友只是摇头苦笑。

不久，一艘货轮发现了他们。正当他们欣喜若狂的时候，一群鲨鱼出现了。女友大叫："我们一起用力游会没事的！"男友却突然将女友推进海里，独自扒着木板朝货轮游去，并喊到："这次我先试！"

女友惊呆了，望着男友的背影，感到非常绝望。

鲨鱼正在向他们靠近，可它们对女友不感兴趣，而是径直向男友的方向冲去。男友被鲨鱼凶猛地撕咬着，他发疯似的冲女友喊道："我爱你！……"

女友获救了，甲板上的人都在默哀。船长坐到女友身边说："小姐，他是我见过全世界最勇敢的男人，我们为他祈祷吧！"

女友冷冷地说："不，他是个胆——小——鬼！"

船长说："你怎么能这么说呢，刚才我一直用望远镜观察你们，我清楚地看到，他把你推开后用刀子割破了自己的手腕。鲨鱼对血腥味很敏感，如果他不这样做来争取时间，恐怕你永远不会出现在这艘船上。……"

第一百个客人

一份免费的午餐，融入了浓浓的人情味，原来这个世界处处充满爱。

撰文/张军

中午尖峰时间过了，原本拥挤的小吃店，客人都已散去。老板正要喘口气翻阅报纸的时候，有人走进来，那是一位老奶奶和一个小男孩。

"牛肉汤饭一碗要多少钱呢？"奶奶坐下来，拿出钱袋数了数钱，叫了一碗汤饭，热气腾腾的汤饭。奶奶将碗推到孙子面前。小男孩吞了吞口水望着奶奶说："奶奶，您真的吃过午饭了吗？""当然了。"奶奶含着一块萝卜泡菜慢慢咀嚼。一晃眼工夫，小男孩就把一碗饭吃了个精光。

老板看到这幅景象，走到两人面前说："老太太，恭喜您，您今天运气真好，是我们的第一百个客人，所以免费。"

一个多月后的某一天，小男孩蹲在小吃店对面像在数着什么东西，使得无意间望向窗外的老板吓了一大跳。原来小男孩每看到一个客人走进店里，就把小石子放进他画的圈圈里，但是午餐时间都快过去了，小石子却连五十个都不到。心急如焚的老板打电话给所有的老顾客："我要你来吃碗汤饭，今天我请客。"这样打了很多个电话之后，客人一个接一个来了。

"八十二，八十三……"小男孩数得越来越快了。终于当第九十九个小石子被放进圈圈的那一刻，小男孩匆忙拉着奶奶的手进了小吃店。"奶奶，这一次换我请客了。"小男孩有些得意地说。成为第一百个客人的奶奶，吃上了孙子招待的一碗热腾腾的牛肉汤饭。而小男孩就像之前奶奶那样，含了块萝卜泡菜在口中咀嚼着。

"也送一碗给那男孩吧。"老板娘不忍心地说。

"那小男孩现在正在学习不吃东西也会饱的道理哩！"老板回答。

呼噜……吃得津津有味的奶奶问小孙子："要不要留一些给你？"

没想到小男孩却拍拍他的小肚子，对奶奶说："不用了，我很饱，奶奶您看……"

第一趟班车

我们一直都生活在简简单单的幸福中,只不过我们常常将它忽略……

撰文/夏小桔

  我上床的时候是晚上十一点,窗户外面下着小雪。我缩到被子里面,拿起闹钟,发现闹钟停了——我忘记买电池了。

  天这么冷,我不愿意再起来,就给妈妈打了个长途电话:"妈,我的闹钟没电池了,我明天还要去公司开会,要赶早,你六点的时候给我打个电话叫我起床吧。"妈妈在那头的声音有点沙哑,可能已经睡了,她说:"好,乖。"

  电话响的时候我在做一个美梦,外面的天黑黑的。妈妈在那边说:"小桔你快起床,今天要开会的。"我抬手看表,才五点四十。我不耐烦地叫起来:"我不是叫你六点打吗?我还想多睡一会儿呢,被你搅了!"妈妈在那头突然不说话了,我挂了电话。

我起来梳洗好，出门。天气真冷啊，漫天的雪，天地间白茫茫一片。在公交车站台上，我不停地跺着脚。周围黑漆漆的没什么人，只有旁边站着的两个白发苍苍的老人。我听着老先生对老太太说："你看你一晚都没有睡好，早几个小时就开始催我了，现在等这么久。"

是啊，第一趟班车还要五分钟才来呢。

终于车来了，我上了车。开车的是一位很年轻的小伙子，他等我上车之后就轰轰轰地把车开走了。我说："喂，司机，下面还有两位老人呢，天气这么冷，人家等了好久，你怎么不等他们上车就开车？"

那小伙子神气地说："没关系的，那是我爸爸妈妈！今天是我第一天开公交，他们来看我的！"

我突然就哭了。我看到爸爸发来的短信："女儿，妈妈说，是她不好，她一直没有睡好，很早就醒了，担心你会迟到。"

我忽然想起一句犹太人的谚语：父亲给儿子东西的时候，儿子笑了；儿子给父亲东西的时候，父亲哭了。

地震中的父与子

父母就好像一棵大树，时刻庇护着自己的孩子，让他们在爱的天空下茁壮成长。

撰文/（美）马克·汉林

在四分钟地震后的混乱和废墟中，一个年轻的父亲安顿好受伤的妻子，便冲向他七岁的儿子上学的学校。他眼前，那个曾经充满孩子们欢声笑语的漂亮的三层教学楼，已变成一片废墟。

他顿时感到眼前一片漆黑，大喊："阿曼达，我的儿子！"跪在地上大哭了一阵后，他猛地想起自己常对儿子说的一句话："不论发生什么，我总会跟你在一起！"他坚定地站起身，向那片废墟走去。他知道儿子的教室在一层楼的左后角处，便疾步走到那里，开始动手。

在清理挖掘时，不断有孩子的父母急匆匆赶来，他们看到这片废墟，痛哭并大喊："我的儿子！""我的女儿！"哭喊之后，他们绝望地离开。有些人上来拉住这位父亲说："太晚了，他们已经死了。"这位父亲双眼直直地看着这些好心人，问道："谁愿意帮助我？"没人给他肯定的回答，他便埋头接着挖。

救火队长挡住他："太危险了，随时可能发生起火爆炸，请你离开！"这位父亲问："你是不是来帮助我的？"警察走过来："你很难过，难以控制感情，可这样不但不利于你自己，对他人也有危险，马上回家去吧！"这位父亲又问："你是不是来帮助我的？"人们摇头叹息着走开了，都认为这位父亲因失去孩子而精神失常了。

他挖了八小时、十二小时、二十四小时、三十六小时，没有人再来阻止他。他满脸灰尘，双眼布满血丝，浑身上下破烂不堪，到处是血

迹。到第三十八个小时的时候，他突然听见底下传出孩子的声音："爸爸，是你吗？"是儿子的声音！父亲大喊："阿曼达！我的儿子！""爸爸，真的是你吗？""是我，是爸爸！我的儿子！""我告诉同学们不要害怕，说只要我爸爸活着就一定来救我，也就能救出大家。因为你说过，不论发生什么，你总会和我在一起！""你现在怎么样？有几个孩子活着？""我们这里有十四个同学，都活着，我们都在教室的墙角，房顶塌下来架了个大三角形，我们没被砸着。"

父亲大声向四周呼喊："这里有十四个孩子，都活着，快来人！"过路的几个人赶紧上前来帮忙。

五十分钟后，一个安全的小出口开辟出来。

父亲声音颤抖着说："出来吧，阿曼达！"

"不！爸爸。先让别的同学出去吧！我知道你会跟我在一起，我不怕。不论发生了什么，我知道你总会跟我在一起。"

吊在井桶里的苹果

相对于母爱，父爱是深沉而含蓄的，正因为如此才常常被我们忽略。

撰文/丁立梅

有一句话讲，女儿是父亲前世的情人，说的是做女儿的特别亲父亲。而做父亲的特别疼女儿，那讲的应该是女儿家小时候的事。

我小时也亲父亲，不仅亲，还崇拜，把父亲当成举世无双的英雄来崇拜。那个时候的口头禅是"我爸怎样怎样"，仿佛拥有了那个爸，一下子就很了不得似的。

母亲还曾"嫉妒"过我对父亲的那种亲。一日下雨，一家人坐着，父亲在修整二胡，母亲在纳鞋底，就闲聊到我长大后的事。母亲问："长大了有钱了买好东西给谁吃？"我几乎不假思索脱口而出："给爸吃。"母亲又问："那妈妈呢？"我指着在一旁玩的小弟弟对母亲说："让他给你买去。"哪知小弟弟跟我是一路的，也嚷着说：

"要买给爸吃。"母亲的脸就挂不住了,继而竟抹起泪来,说:"我白养了这个女儿。"父亲在一边讪笑,说:"孩子懂啥。"语气里却透着说不出的得意。

待到我真的长大了的时候,却与父亲疏远了。每次回家,我跟母亲有唠不完的家长里短,一些私密的话也只愿跟母亲说,而跟父亲却是三言两语就冷了场。他不善于表达,我亦不耐烦去问他什么。无论什么事情,问问母亲就可以了。

每次也有礼物带回,却少有父亲的,都是买给母亲的,衣服或者吃的。感觉上,父亲是不要装扮的,永远一身灰色或白色的衬衫,蓝色的裤子。偶尔有那么一次,学校开运动会,给每个老师发了一件白色T恤。我因极少穿T恤,就挑了一件男式的,本想给爱人穿的,但爱人嫌大,也不喜欢那质地。回母亲家时,我就随手把它塞进包里面,带给父亲。

我永远忘不了父亲接衣服时的惊喜,那是猝然间遭遇的意外啊!他脸上先是惊愕,而后拿着衣服的手开始颤抖,不知怎样摆弄才好。他笑了半天才平静下来,问:"怎么想到给爸买衣裳的?"

原来父亲一直是落寞的啊,我忽略他太久太久。

这之后,父亲的话明显多起来,乐呵呵的,穿着我带给他的那件T恤。他三天两头打电话给我,闲闲地说些话,然后不经意地提了一句,有空多回家看看啊。

暑假到来时,又接到父亲的电话,父亲在电话里很兴奋地说:"家里的苹果树结了很多苹果,你最喜欢吃苹果的,回家吃吧,保你吃个够。"我当时正接了一批杂志约稿在手上,便心不在焉地回复他:"好啊,有空我会回去的。"父亲"哦"了一声,兴奋的语调立即低了下去,肯定是失望了。父亲说:"那,记得早点回来啊。"我"嗯啊"地答应着,把电话挂了。

一晃近半个月过去了,我完全忘了答应父亲回家的事。一日深夜,姐姐突然打来电话问:"爸说你回家的,怎么一直没回来?"我问:"有什么事吗？"姐姐说："也没什么事，就是爸一直在等你回家吃苹果呢。"

我在电话里就笑了，我说："爸也真是的，街上不是有苹果卖吗？"姐姐说："那不一样，爸特地挑了几十个大苹果，留给你。怕坏掉，就用井桶吊着，天天放在井里面给凉着呢。"

心仿佛被什么猛地撞击了一下，我只重复说"爸也真是的"，再也说不出其他话来。井桶里吊着的何止是苹果，那是一个老父亲对女儿沉甸甸的爱啊！

放弃天堂的导盲犬

赤诚的生命相依而生，哪怕它只是一条狗，也同样令人感动不已。

撰文/佚名

一天，一个盲人带着他的导盲犬过街时，一辆大卡车失去控制，直冲过来，盲人当场被撞死，他的导盲犬为了守卫主人，也一起惨死在车轮底下。

主人和狗一起到了天堂门前。一个天使拦住他俩，为难地说："对不起，现在天堂只剩下一个名额，你们两个中必须有一个去地狱。"

主人一听，连忙问："我的狗又不知道什么是天堂，什么是地狱，能不能让我来决定谁去天堂呢？"

天使用鄙夷的目光看了这个主人一眼，皱起了眉头。她想了想，说："很抱歉，先生，每一个灵魂都是平等的，你们要通过比赛决定由谁上天堂。"主人失望地问："哦，什么比赛呢？"

天使说："这个比赛很简单，就是赛跑，从这里跑到天堂的大门，谁先到达目的地，谁就可以上天堂。不过，你也别担心，因为你已经死了，所以不再是瞎子，而且灵魂的速度跟肉体无关，越单纯善良的人速度越快。"主人想了想，同意了。

天使让主人和狗准备好，就宣布赛跑开始。她满心以为主人为了进天堂，会拼命往前奔跑，谁知道主人一点也不忙，慢吞吞地往前走着。

更令天使吃惊的是，那条导盲犬也没有奔跑，它配合着主人的步调在旁边慢慢跟着，一步都不肯离开主人。天使恍然大悟：原来，多年来这条导盲犬已经养成了习惯，永远跟着主人行动，在主人的前方守护着他。可恶的主人，正是利用了这一点，才胸有成竹，稳操胜券，他只要在天堂门口叫他的狗停下，就能轻轻松松赢得比赛。

天使看着这条忠心耿耿的狗，心里很难过。她大声对狗说："你已经为主人献出了生命，现在，你的主人不再是瞎子，你也不用领着他走路了，你快跑进天堂吧！"

可是，无论是主人还是他的狗，都像是没有听到天使的话一样，仍然慢吞吞地往前走，好像在街上散步似的。果然，离终点还有几步的时候，主

人发出一声口令，狗听话地坐下了。天使用鄙视的眼神看着主人。

这时，主人笑了，他扭过头对天使说："我终于把我的狗送到天堂了，我最担心的就是它根本不想上天堂，只想跟我在一起，所以我才想帮它决定，请你照顾好它。"

天使愣住了。

主人留恋地看着自己的狗，又说："能够用比赛的方式决定真是太好了，只要我再让它往前走几步，它就可以上天堂了。不过它陪伴了我那么多年，这是我第一次可以用自己的眼睛看着它，所以我忍不住想要慢慢地走，多看它一会儿。如果可以的话，我真希望永远看着它走下去。不过天堂到了，那才是它该去的地方，请你照顾好它。"

说完这些话，主人向狗发出了前进的命令。就在狗到达终点的一刹那，主人像一片羽毛似的落向了地狱的方向。他的狗见了，急忙掉转头，追着主人狂奔。

　　满心懊悔的天使张开翅膀追过去，想要抓住导盲犬，不过那是世界上最纯洁善良的灵魂，速度远比天堂所有的天使都快。所以导盲犬又跟主人在一起了，即使是在地狱，导盲犬也永远守护着它的主人。

　　天使久久地站在那里，喃喃说道："我一开始就错了，这两个灵魂是一体的，他们不能分开……"

伏天的"罪孽"

在伤害面前，爱是带着泪的微笑，明知有苦难，也欣然承受。

撰文/L·海沃德

"大热天，真是没事找事。"商场侦探亨利嘀咕着，他的制服已被汗水浸透。一位窄脸妇女正在他面前尖声诉说着什么。真是，丢掉的钱既然已经找到了，就算了呗。可她却不善罢甘休，仿佛站在桌前的这个小男孩真是一个危险的罪犯。亨利思忖着，是的，十块钱对大人也是不小的诱惑，何况对这个穿得破破烂烂的小孩子？

"是的，我没亲眼看到他偷钱。"那位太太唠叨着，"我买了一样东西，又要去看另一件货，就把十块钱放到柜台上。刚离开几分钟，钱就跑到这个小贼骨头的手上了。"

亨利这才发现，桌角那边还有个小女孩，她正用蓝蓝的大眼睛静静地看着自己。亨利问男孩："是你拿走钱的吗？"小男孩紧闭着嘴唇，点了点头。"你几岁了？""八岁了。""你妹妹呢？"男孩低头望了望他的小伙伴："三岁。"

在这大伏天里，孩子也许只是为了拿它去换点冰淇淋。可这位太太却咬定孩子是窃贼，非要惩罚他们不可。亨利不由得心疼起这两个孩子来了。"让我们去看看现场吧。"男孩紧紧拉着小女孩的手，跟着大人们向前走去。

柜台后面一个风扇吹来的风使亨利觉得凉爽些了。他问："钱在哪放着？""就在这。"太太把十块钱放在柜台上售货记账本的旁边。

亨利打量了一下小女孩，掏出几块糖来："爱吃糖吗？"女孩扑闪

了一下大眼睛，点了点头。亨利把糖放在钱上面："来，够着了就给你吃。"小女孩踮起脚尖，竭力伸长小手，可还是够不着。亨利把糖拿给小女孩。太太在一边嚷起来："我不跟你争辩。难道他们可以逃脱罪责吗？领我去见你的老板……"亨利没理会，他正注视着那十块钱，柜台后面的风扇吹着它，它开始滑动，滑动，终于从柜台上飘落下来。

　　钱落在离两个孩子几尺远的地方。女孩看到钱，便弯腰捡起来递给哥哥，男孩毫不踌躇地把钱交给了亨利。"原先那钱也是你妹妹给你的对吗？"男孩点了点头，眼里涌出委屈的泪水。

　　"你知道钱是从哪来的吗？"男孩使劲摇着头，终于大声哭了出来。"那你为什么要承认是你偷的呢？"男孩泪眼模糊地说："她……她是我妹妹，她从不会偷东西……"

　　亨利瞟了一眼那位太太，看到她的头低了下来。

感恩尴尬

虽然感恩的际遇不同，但由此产生的感动是一样的——恩情无处不在。

撰文/伊帆

没想到感恩不成，反倒搅了父母一夜好觉。

十七岁的我，在离家三十多里的县城读高中一年级。

一个深秋的夜晚，我躺在床上看一本外国文集，其中有一段故事深深地打动了我。杰克·罗伯特是一个远离父母的孩子，在他十六岁那年的感恩节，他突然意识到自己长大了，他想到了感恩。于是，他不顾窗外飘着雪，连夜赶回家，他要对父母说，他爱他们。和他想象的一样，母亲开了门。他虔诚地说："妈，今天是感恩节，我特地赶回来向你们表示感谢，谢谢你给了我生命！"杰克·罗伯特还没说完，母亲就紧紧地上前拥抱并且亲吻了他，杰克的爸爸也过来，深情地拥抱他们。

那种温馨的场面，一下子掀起了我思乡的狂潮。蓦然间我想起，今

聆听爱的声音

天正是西方的感恩节，我也要给父母一个惊喜！天太晚了，坐车回家已不可能。我去借了一辆单车，心想，这样回家更能让父母感动。

出了校门，发现天正下着雨，我稍一迟疑，想到故事里的杰克能冒着风雪回家，精神一振，上路了。一路上，我脑子里一直在畅想着母亲打开门看到我时的惊喜。汗水和着雨水浸湿了衣服，我依然使劲地蹬着踏板，只想早些告诉父母我对他们的爱与感激。

终于，我湿漉漉地站到了家门口，心里怦怦急跳着敲响了门。门打开了，母亲一见是我，满眼惊慌，轻声说道："你这孩子怎么啦？深更半夜的，怎么回来了，出什么事了？"突然间我脑海里一片空白，

一路上演练过无数次的"台词"怎么也说不出口。"爸，妈……我，我……""我"了半天，最后什么也没说，只是一甩头走进了自己的房间，关上了门。我悄悄地问自己：这文学和生活就相差这么远吗？朦胧中，我听到父亲走出来问："怎么啦？""谁知怎么了，"母亲说，"我问了半天，他也不说。歇着吧，明天再说。"

第二天早上，我起床后问母亲："爸去哪了，怎么没见到他？"母亲说："你这孩子，出了什么事也不说，深更半夜地跑回家，我和你爸一宿没睡，天刚落白，你爸就上路了！""到哪去了？"我奇怪地问。母亲说："去你学校，问问你到底出了什么事？他担心着呢！"

"唉！"我叹了口气，没想到，感恩不成，感恩的债倒又欠下一笔，无端搅了父母的一夜好觉。

从那晚我明白，对于父母的感恩方式有许多种，并不一定是在深夜赶回家。

共同的秘密

一个人的早餐只是一顿早餐，十二个人的早餐就是一顿爱，顿顿让爱延续。

撰文/崔浩

一个矿工下井刨煤时，一镐刨在哑炮上。哑炮响了，矿工当场被炸死。因为矿工是临时工，所以矿上只发放了一笔抚恤金，就不管矿工妻子和儿子以后的生活了。

经历丧夫之痛的妻子又面临着来自生活上的压力，她无一技之长，只好收拾行装准备回到那个闭塞的小山村去。这时矿工队长找到她，告诉她矿工们都不爱吃矿上食堂做的早饭，建议她在矿上支个摊儿，卖些早点，一定可以维持生计。矿工的妻子想了一想，便点头答应了。

于是一辆平板车往矿上一停，馄饨摊就开张了。八毛钱一碗的馄饨热气腾腾，开张第一天就一下来了十二个人。随着时间的推移，吃馄饨的人越来越多，最多时可达二三十人，最少时也从未少过十二个人。

时间一长，许多矿工的妻子发现自己的丈夫新养成了一个雷打不动的习惯：每天下井之前必须吃上一碗馄饨。妻子们百般猜疑，甚至采用跟踪、质问等种种方法来探求究竟，结果均一无所获。甚至有的妻子故意做好早饭给丈夫吃，却又发现丈夫仍然去馄饨摊吃上一碗馄饨。妻子们百思不得其解。

直至有一天，队长刨煤时被哑炮炸成重伤。弥留之际，他对妻子说："我死之后，你一定要接替我每天去吃一碗馄饨。这是我们队十二个兄弟的约定，自己的兄弟死了，他的老婆孩子，咱们不帮谁帮？"

从此以后，每天早晨，在众多吃馄饨的人群中，又多了一位女人的身影。来去匆匆的人流不断，而时光变幻之间唯一不变的是不多不少的十二个人。

有一种承诺可以抵达永远，而用爱心塑造的承诺，可穿越尘世间最昂贵的时光，十二个人共同的秘密其实只有一个谜底：爱可以永恒。

购买上帝的男孩

万能的上帝在哪里？在人心中。只要唤起心中的爱心，上帝就会出现。

撰文/徐彦

一个小男孩捏着一美元硬币，沿街一家一家商店地询问："请问您这儿有上帝卖吗？"店主要么说没有，要么嫌他在捣乱，不由分说就把他撵出了店门。

天快黑时，第二十九家商店的店主热情地接待了男孩。老板是个六十多岁的老头，满头银发，慈眉善目。他笑眯眯地问男孩："告诉我，孩子，你买上帝干吗？"男孩流着泪告诉店主："我叫邦迪，父母很早就去世了，我是叔叔帕特鲁普抚养大的。叔叔是个建筑工人，前不久从脚手架上摔了下来，至今昏迷不醒。医生说，只有上帝才能救他。我想把上帝买回来，让叔叔吃了，伤就会好。"

老头眼圈湿润了，问："你有多少钱？""一美元。""孩子，眼

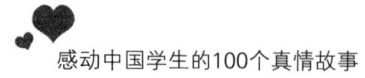

下上帝的价格正好是一美元。"老头接过硬币，从货架上拿了瓶"上帝之吻"牌饮料，"拿去吧，你叔叔喝了这瓶'上帝'，就没事了。"

邦迪喜出望外，将饮料抱在怀里，兴冲冲地回到了医院。

几天后，一个由世界顶尖医学专家组成的医疗小组来到医院，对帕特鲁普进行会诊。他们采用世界最先进的医疗技术，终于治好了帕特鲁普的病。

帕特鲁普出院时，看到医疗费账单上那个天文数字，差点吓昏过去。可院方告诉他，有个老头帮他把钱全付了。那老头是个亿万富翁，从一家跨国公司董事长的位置上退下来后，隐居在本市，开了家杂货店打发时光。那个医疗小组就是老头花重金聘来的。

帕特鲁普激动不已，他立即和邦迪去感谢老头，可老头已经把杂货店卖掉，出国旅游去了。

后来，帕特鲁普接到一封信，是那老头写来的，信中说："年轻人，您能有邦迪这个侄儿，实在是太幸运了。为了救您，他拿一美元到处购买上帝……是他挽救了您的生命，但您一定要永远记住，真正的上帝，是人们的爱心！"

姑妈的金首饰

在激情泛滥的年代,谁理解这种系在发丝间至真至纯的爱情?

撰文/佚名

露茜的姑妈有一个圆形的金首饰,她用一根细细的链把它总是系在脖子上。露茜猜想,这里准有什么异乎寻常的缘由。里面究竟放着什么呢?露茜感到纳闷。

露茜终于说服姑妈同意给她看看那个金首饰。姑妈把首饰放在平展开的手上,用指甲小心翼翼地塞进缝隙,盖子猛地弹开了。令人失望的是,里面只有一根极为寻常的、系成蝴蝶结状的女人头发。难道全在这儿了吗?

"是的,全在这儿,"姑妈微微地笑着,"就这么一根头发,我发结上的一根普普通通的头发,却维系着我的命运。更确切地说,这一根头发决定了我的爱情。你们现在这些年轻人也许不理解这点,你们把自爱不当回事，不，更糟糕的是，你们压根儿没想过这么做。对你们说来，一切都是那样直截了当，来者不拒，受之坦然，草草了事。

"我那时十九岁，他不满二十岁。一天，他邀我上山旅行。我们要在他父亲狩猎用的僻静的小茅舍里过夜。我踌躇了好一阵子。因为我还得编造一些谎话让父母放心，不然他们说什么也不会同意我干这种事的。当时，我可是给他们好好地演了出戏，骗了他们。

"小茅舍坐落在山林中间，那儿万籁俱寂，孤零零的只有我们俩。他生了火，在灶旁忙个不停，我帮他煮汤。饭后，我们外出，在暮色中漫步。两人慢慢地走着，此时无声胜有声，强烈的心声替代了言语，此时还有什么可说的呢？

"我们回到茅舍。他在小屋里给我置了张床。瞧他干起事来有多细

心周到！他在厨房里给自己腾了个空位。我觉得他那铺位实在不太舒服。

"我走进房里，脱衣睡下。门没上闩，钥匙就插在锁里。要不要把门闩上？这样，他就会听见闩门声，肯定知道我这样做是什么意思。我觉得这太幼稚可笑了。难道当真需要暗示他，我是怎么理解我们的欢聚吗？话说到底，如果夜里他真想干些风流韵事的话，那么锁、钥匙都无济于事，无论什么都对他无用。对他来说，此事尤为重要，因为它涉及到我俩的一辈子——命运如何全取决于他，不用我为他操心。

"在这关键时刻，我蓦地产生了一个奇妙的念头。是的，我该把自己'锁'在房里，可是，在某种程度上说，只不过是采用一种象征性的方法。我踮着脚悄悄地走到门边，从发结上扯下一根长发，把它缠在门把手和锁上，绕了好几道。只要他一触动手把，头发就会扯断。

"嗨，你们今天的年轻人呀！你们自以为聪明，聪明绝顶。但你们真的知道人生的秘密吗？这根普普通通的头发——翌日清晨，我完整无损地把它取了下来！——它把我们俩强有力地连在一起了，它胜过生命中其他任何东西。一待时机成熟，我们就结为良缘。他就是我的丈夫——多乌格拉斯。你们是认识他的，而且你们知道，他是我一生的幸福所在。"

故乡无语

穷人重情,富人重利,因此人不能富了口袋穷了心啊!

撰文/彭见明

镰刀圩方圆数十里,南下打工的青年男女,少说也有好几千,但真正混得好的是赵青青。

赵青青南下时走运,经先她而去且混得有点人样的同学引荐,替一位来沿海开公司办厂的老华侨做了文秘。山区去的女孩子,能吃苦是不必说的,殷勤、忠实、善处世也是不必说的。她的言行举止颇讨老华侨的欢心。青青的文化底子也不错,高考因五分之差而落榜。由于家境不好,无力再供她复读,因此她含泪随了"大军"南下。她那点文化底子,在此得到恰如其分、恰如其时的发挥。据说,赵青青帮了那老华侨很大的忙,两年之后,那位至仁至德的老人认了赵青青做干女儿,并给了她股份,鼓励她另立门户独闯世界。镰刀圩的乡干部到南方那个著名城市公干时,曾拜访过赵青青。尽管没有见到那位至仁至德的老华侨,但一睹了赵青青以及那家公司的气派,回乡来自然是要好好宣传一番的。

两年之后,赵青青回乡省亲。赵青青出走两年一直没有回过家,甚至都没写过几封信,钱也寄得不多,并不比其他打工妹的贡献大。据乡干部们的分析:赵青青是个有志向的姑娘,不混出个人样不回来。现在,她自立门户了,有头有脸了,可以荣归故里了。

赵青青的父母亲人不那么想。他们希望赵青青混得好,但他们并不指望从当了"大老板"的青青那里得到多大的好处。他们从来没有在别人那里得过什么好处,却也这么平平和和地过来了,床上没病人,牢里

没犯人，这便是最大的福分，还要怎样？当赵青青拍电报说要回来时，大家都十分高兴，高兴的成分很纯粹：只是想见她。大家已整整两年没有见到她了。

赵青青的三姑六婶、舅娘姨父，得知这日她要回来，都聚集到她家来迎接她。大家有的帮着下厨做菜，有的帮着打扫房前屋后的卫生。电报上说她还要带人来。带人？带什么人？二十多岁的大姑娘了，会带什么人？八成也就是她的对象了，这菜当然是要做得上档次的(专门请了厨师)，卫生工作更是应该做好，不能让她在外人面前丢脸。

日悬西山，这时赵青青的亲人都出来张望。县里开往镰刀圩过夜的班车每天在这个时候到来。青青应该搭这趟车来的。他们设想从车上走下来的赵青青将是怎样的亭亭玉立、光彩照人。

班车终于长鸣一声，拐过山坳，摇摇晃晃地驶过来了，人们蜂拥而上。可是下完最后一位旅客，仍不见青青的影子。大家顿感失望。但马上有人提醒：当了老板的青青怎么会搭公共汽车回来呢？至少也该打个的士吧！正说着，果然就有一辆中巴车悠然而至。车上下来一个生得白白净净的后生，他对众人说他是旅游公司的，奉赵青青之命来接众亲属到县里去团聚。亲人问，青青怎么不随车回来？后生说，乡下条件太差，没有抽水马桶，更无淋浴，人家怎么屙得出屎，怎么洗澡，怎么……

众亲友愕然。想想青青不过才走两年吗？

旅游公司的人催大家快上车，说赵小姐已在县里最好的饭店备下丰盛的晚宴，订下了舒适的客房。但是没有人上车。众人纷纷回屋。这令那后生摸着后脑勺大惑不解。

这辆豪华的中巴车最后勉强载走了两个镰刀圩的人，那就是赵青青的父亲和母亲，赵青青毕竟是他们的女儿。

和父亲掰手腕

> 激励孩子最好的办法就是，用行动告诉他，强者是锻炼出来的！

撰文/查一路

每个男孩子的面前，都站立着一个强大的父亲，父亲——是现实意义的，又是精神层面的。男孩子征服世界的欲望从战胜父亲开始。

儿时，我喜欢与父亲掰手腕，总是想象父亲的手腕被自己压在桌上，一丝不能动弹，从而在虚幻中产生满心胜利的喜悦。可是，事实上，父亲轻轻一转手腕，就将我的手腕压在桌上。他干这些事时轻而易举，像抹去蛛丝一样轻松。直到我面红耳赤、欲哭无泪，父亲才心满意足、收兵罢休。本想得到父亲的安慰，可是父亲每每都将我痛骂一顿。他指着门前的一棵树："臭小子，想跟我较劲，除非你能将门前的那棵树掰弯！"于是，我从十岁一直掰到十三岁，开始那棵树纹丝不动，渐渐地树叶乱晃，直到后来树向我弯腰臣服。这期间，有与父亲的"明争"，更有与树的"暗斗"。直到有一天，我竖起胳膊，意外地发现自己瘦瘦的如丝瓜般的胳膊上，竟长出了肱二头肌。

我喜出望外，庄严地举起瘦瘦的胳膊，向父亲发出挑战。我一点点地将父亲的手腕压下去。到了关键时刻，顷刻间，父亲故伎重演，终于又将我的手腕压了下去。这次，我沮丧得哭出声来。母亲走过来，嗔怪地问父亲："你比孩子大还是比孩子小？你就不能让他赢一次？"

"让他？"父亲翻翻眼睛，"除了我能让他一次，这个世界，没有第二个傻瓜会给对手一次赢自己的机会。"

然而在我的力量足够强大之前，我十三岁那年，父亲病故了。这十几年来，我没少跟一些人和事掰手腕，与时间、与困境、与失败，甚至与自己，时而输也时而赢，靠的全是信心、毅力和实力来说话。没有一次心存侥幸，赢得明白，输得坦然。因为，我心里一直明白：即便是自己的父亲，一旦成为对手，他都想赢你；这个世界上，没有谁愿意输给你，哪怕是一次！

荒漠里的泪滴

母牛尚且能够不惜代价为小牛争一口水,更何况人类?世间的母爱都很伟大。

撰文/江南雨

这是一个真实的故事,发生在西部的青海省,一个极度缺水的沙漠地区。这里,每人每天的用水量严格地限定为三斤,这还得靠驻军从很远的地方运来。日常的饮用、洗漱、洗衣,包括喂牲口,全部依赖这三斤珍贵的水。

人缺水不行,牲畜一样,渴啊!终于有一天,一头一直被人们认为憨厚、忠实的老牛渴极了,挣脱了缰绳,强行闯入沙漠里唯一的也是运水车必经的公路。终于,运水的军车来了。老牛以不可思议的识别力,迅速地冲上公路,军车一个紧急刹车戛然而止。老牛沉默地立在车前,任凭驾驶员呵斥驱赶,就是不肯挪动半步。五分钟过去了,双方依然僵持着。运水的战士以前也碰到过牲口拦路索水的情形,但它们都不像这头牛这般倔犟。人和牛就这样耗着，最后造成了堵车，后面的司机开始骂骂咧咧，性急的甚至试图点火驱赶，可老牛不为所动。

后来，牛的主人寻来了。恼羞成怒的主人扬起长鞭狠狠地抽打在瘦骨嶙峋的牛背上，牛被打得皮开肉绽、哀哀叫唤，但还是不肯让开。鲜血沁了出来，染红了鞭子。老牛的凄厉哞叫，和着沙漠中阴冷的酷风，显得分外悲壮。一旁的运水战士哭了，骂骂咧咧的司机也哭了。最后，运水的战士说："就让我违反一次规定吧，我愿意接受一次处分。"他从水车上倒出半盆水——正好三斤左右，放在牛面前。

出人意料的是，老牛没有喝以死抗争得来的水，而是对着夕阳，仰天长哞，似乎在呼唤什么。不远的沙堆背后跑来一头小牛，受伤的老牛慈爱地看着小牛贪婪地喝完水，然后伸出舌头舔舔小牛的眼睛，小牛也舔舔老牛的眼睛。静默中，人们看到了这对母子眼中的泪水。没等主人吆喝，在一片寂静无语中，它们掉转头，慢慢往回走。

20世纪末的一个晚上，当从电视里看到这让人揪心的一幕时，我想起了幼年时家里的贫穷困窘，想起了我那至今在乡下劳作的历经苦难的母亲，我和电视机前的许多观众一样，流下了滚滚热泪。

价值二十美金的时间

忙碌的人很健忘，但千万不要忘了，把时间分一点给关心自己的人。

撰文/佚名

父亲下班回到家已经很晚了，他很累并有点心烦。五岁的儿子正靠在门旁等他。"爸，我可以问你一个问题吗？""什么问题？""爸，你一小时可以赚多少钱？""这与你无关，你为什么问这个问题？"父亲很生气。"我只是想知道，请告诉我，你一小时赚多少钱？"小孩哀求道。"假如你一定要知道的话，我一小时赚二十美金。"

"喔！"小孩低下了头，接着又说，"爸，可以借我十美金吗？"父亲发怒了："如果你问这问题只是要借钱去买毫无意义的玩具或东西的话，给我回到你的房间并上床。好好想想为什么你会那么自私。我每天要长时间辛苦工作，没时间和你玩小孩子的游戏。"

小孩安静地回到自己的房内并关上门。父亲坐下来还在生气。约一小时后,他平静下来了,开始想自己可能对孩子太凶了——或许孩子真的很想买什么东西,再说他平时也很少要过钱。

父亲走进小孩的房间问道:"你睡了吗?""爸,还没,我还醒着。"小孩回答。"我刚刚可能对你太凶了,"父亲说,"我将今天的闷气都爆发出来了——这是你要的十美金。""爸,谢谢你。"小孩欢叫着从枕头底下拿出一些被弄皱的钞票,慢慢地数着。

"你已经有钱了为什么还要?"父亲生气地说。"因为这之前不够,但我现在足够了。"小孩回答,"爸,我现在有二十块钱了,我可以向你买一个小时的时间吗?明天请早一点回家——我想和你一起吃晚餐。"

父亲看着儿子的小手捏得紧紧的钱,默默无语地将儿子揽进了怀里……

老师，我站着呢

用宽容的心对待误会，老师和学生的心中都会充满阳光。

撰文/（日）菊池哲哉

这是一所能看到大海的、地势较高的中学。那年约有八十名新生入学，其中大多数是那些与大海搏击的渔民们的子弟。

那是我给新生上第一次课的事情。"起立！"大家都站起来。但是，有一名学生耍滑头未起立。"站起来，刚入学就这种态度可不行！"我的语气顿时严厉起来。这时，传来一个声音："老师，我站着呢。"是的，他，A君，正站着，但是由于他个子太矮，我看着像是坐着。

糟糕！我做了对不起A君的事。我为自己的粗心感到不安，一时竟不知说什么。于是，我当时只说了声"对不起"，周围的学生都笑起来。A君的心情一定很失落，我意识到A君以后也许会因此受他人的欺负。下课后，我想向A君道歉，但忙乱之中竟把此事忘了。晚上，我犹豫着是否给A君打电话，但打电话道歉太不礼貌，于是只好作罢。

第二天，天空晴朗无云，春天的大海碧波荡漾，我给A君的班上第二次课。"起立！" 这时，忽然传来一个洪亮的声音："老师，我站着呢。"是A君，他站在椅子上，微笑着。我只觉得眼前发暗。但从A君的微笑中，我看出他这样做并不是讽刺，也不是抵抗情绪的表露。

我感到了"老师，我不在意，不要为我担心"这样一种体谅，我的心口感到一阵疼痛。

晚上，我怀着复杂的心情给A君拨了电话。

"老师，别在意，别在意。"对面传来A君爽朗又充满稚气的声音。

我祈盼明天的天空还是晴朗无云，大海还是碧波荡漾。

零下二十度的爱情

平凡生活中的爱情，已没有花前月下的浪漫，只有一片共筑的温暖。

撰文/一冰

那是个冬夜，我值夜班。凌晨一点时，我接到内科的紧急会议通知，安排好工作，一拉开门，一股像刀子一样的寒气一直刺到心底。屋子里有暖气，还不觉得天冷，没想到外面的气温竟然这么低。

我走下楼梯，快到一楼时，隐约听到说话的声音，像梦呓一般："你冷不冷？""不冷，你呢？""我也不冷。"走到一楼的门厅时，我看到了说话的人，一对中年夫妇，紧紧地并排缩在一个墙角，他们的腿上拥着一条被子。我快步从他们身边走过，可能是带过了一阵冷风，他们同时打了个寒噤。

半小时后，我从内科回来，走过他们身边，他们还在说着话："回去给娃们都添件衣服。""嗯，你也添一件吧。""算了，我不要了，看病花了不少钱哩。""你看你，都说的是啥话，看病是看病，穿衣是穿衣……"

我在他们断断续续的对话声中回到科室。我走进护士值班室，想问问有没有什么事，正看到护士从厚重的窗帘后面出来，她手里拿着一个东西。她一见我脸就红了，调皮地说："天气预报说今天的最低温度是零下二十度，是本市有史料记载的最低温度，我刚才专门在窗外测了一下，真的呢！"

她给我看温度计，刻度从零下二十度处缓慢地上升，那红色的汞柱像血一样涌动。我心里一动，问她："还有没有空床了？"她扫了一眼病床分布表，说："还有。"我说："我去查查房，麻烦你到楼下的门厅去一趟，把那一对中年夫妇叫上来——这么低的温度，他们在那里只怕会出事。"

她下去后没多久就又上来了，很紧张地说："不好了，鲁医生，他们都站不起来了！"我吃了一惊，赶忙下楼去。那对中年夫妇都是盘腿坐着的，果然都站不起来了。我叫来了保卫科的人，把那对中年夫妇抬上了楼。我知道这都是因为长时间坐着，加上天气寒冷，导致了肢体麻木。

我一边给他们做治疗，一边问他们的情况，原来他们是今天早上

出院，可为了等一份检查报告，耽误了回家的时间，又舍不得花钱住旅店，就想在那门厅里凑合一夜的。护士埋怨他们说："你们不知道吧，再这么坐下去，不到明天早上，你们的腿都要废了！"那男人不好意思地说："是是是，我也感到腿麻了，想动动，可又怕把被窝弄凉了。"那女人也说："是呀，我的腿也麻了，也忍着没动。"

　　这朴实无华的话使我的心一阵悸动：他们忍受着巨大的痛苦，只为了维护共同的那一点点温暖啊！

六个馒头

诚挚而委婉的关怀，缔结出一段珍贵的友谊，照亮了山区女孩内心灰暗的天空。

撰文/毕淑敏

高一那年，年级组织去千岛湖春游。

那时候，我们年轻的班主任新婚度假，丁是更为年轻的实习老师成了我们班的带队老师。实习老师一宣布这个令人高兴的消息，教室马上为大家的喧闹声所炸响。同学们纷纷问一些关于春游要注意的主要事项和所交的费用等问题，实习老师一一答复了之后，又问了一句："大家还有什么问题吗？"很长的时间，没有人举手，也没有人站起来，谁也没有注意到角落里来自山区的那个女孩子，她微举着手，手指却颤抖着没有张开来，颤巍巍的嘴唇一张一合却没有声音。很久很久，女孩子站了起来，用极低的声音问："老师，我可以带馒头吗？"一阵其实并没有恶意的笑声刺激着女孩子，她的脸通红通红的，低着头默默地坐下，眼泪无声地沿着脸颊流下来。漂亮的女实习老师走过去，抚摸着她的头说："你放心，可以带馒头的，没事。"

出发的前一天，女孩子拿着饭票买了六个馒头，然后低着头好像做贼似的跑回宿舍。宿舍里几个女同学正在收拾春游要带的零食，一边唧唧喳喳地讨论着什么。女孩子直奔自己的床，迅速地用一个塑料袋把馒头装了进去。女同学们的讨论声似乎小了下去，女孩子的眼眶红了。

出发那天下着雨，淅淅沥沥地洗刷着女孩子的心情，在她的背包里有六个馒头。女孩子没有带伞，只好和别的同学挤在一把伞下。为了不因自己而使同学淋湿，女孩子不住地把伞往同学那边移，等赶到目的地千岛湖时，女孩子的一半身子湿漉漉的，身上的背包也湿漉漉的。大家纷纷冲向饭馆吃饭去了，女孩子一个人待在招待所里，等大家都走完以后才从背包里取出馒头。可是由于塑料袋破了一个洞，湿透背包的雨水将馒头泡透了，女孩子就这样一边流泪一边嚼着被雨水浸泡过的馒头。

女孩子还没有吃完一个馒头，同学们就回来了。她没有料到她们会回来得这么快，来不及藏起湿透了的馒头，只好匆忙地往还没有干的背包里塞。班长妍突然说："哎呀，我还没有吃饱呢，能给我吃一个馒头吗？"女孩子不好意思，没有摇头也没有点头，

妍已经打开她的背包，取出馒头啃起来。其他几个同学也纷纷走过来拿起馒头一边嚼一边说："其实还是学校食堂做的馒头好吃。"转眼间，女孩带来的六个馒头都被同学们吃完了，女孩子看着空了的背包只有无声地落泪。

　　第二天，到了大家该吃早饭的时候，女孩子偷偷一个人走了出去。雨已经停了，女孩子的心却在落泪，如果不是自己央求父亲借钱交了车费本来就可以不来的，可是山水是那么秀美，女孩子怎能不心动？女孩子在招待所附近的一座矮山上一边后悔一边默默地落泪。是班长妍最先找到女孩子的，妍拉起她的手就走，说："我们吃了你带来的馒头，你这几天的饭当然要我们解决呀！"女孩子喝着热腾腾的粥，吃着软软的馒头，眼圈红红的。

后来总有人以吃了女孩子的馒头为理由请她吃饭，使她不再嚼那干涩难咽的馒头，使她可以和所有其他同学一样吃着炒菜和米饭。女孩子的脸上渐渐有了笑容，她默默接受了同学们不留痕迹的馈赠，默默地享受着这份单纯却丰厚的友谊。女孩子没有什么可用来感谢她的同学，只有用更努力的学习、更积极地去帮助别人和总是抢先打扫宿舍卫生来表示她的感谢。后来，这个女孩子不仅是班里学习最好的一个，也是人缘最好的一个。

　　因为女孩子知道，同学们给她的是财富所不能买到的善良和真诚。她们的友谊就像春天里最明媚的那一缕阳光，照射在她以后的人生道路上。

没结婚的父母

其实，只有栽种在婚姻这块沃土里的爱情之花，才会开得分外美丽和持久。

撰文/（美）科拉·丹尼尔斯

我到六年级才发现那个秘密。那天本来约好放学后去一个同学家，可是她忽然想起那天是父母的结婚纪念日，只好临时改期。我很理解朋友。那是20世纪80年代的曼哈顿，离婚成风，而我的这个朋友和我一样"父母双全"，这在班里是为数不多的。所以那时候，父母的结婚纪念日不可能不受重视。可那天我突然想起一个问题：为什么我从来没在父母的结婚纪念日给他们送过一张贺卡？

我们一家人非常和睦。因为父亲是倒班的，下午四点下班，为了全家人能一起吃饭，我们的晚饭时间就定在下午四点半。每到周末，全家四口——父母加上我和弟弟，一定一起骑着自行车去兜风。但是我们家从来没庆祝过父母的结婚纪念日。放学回家，我就去问母亲。母亲脸上

飞起浅浅的红晕，她回答说，她和父亲一直没有结婚。

父母相识在20世纪60年代末，那时候他们两个人都在纽约开出租车，在同一个车库停车。父亲是黑人，比母亲年长十四岁。母亲是犹太人。他们的故事从父亲邀请母亲去喝咖啡开始。母亲说她从不喝咖啡，于是两个人开始讨论要不要改喝茶。母亲说，不过十四秒钟，她就坠入情网了。从第十六秒钟起，他们开始吵架。这种模式后来伴随他们一生。

他们没有结婚的原因是母亲不愿意。母亲认为，只要两个人相爱，没有必要让这种爱受法律约束。没有那一纸婚书，她和父亲的爱更纯洁，永远不会结束。

在我长大成人的过程中，对于父母的决定，感觉是不一样的。离家上大学的时候，我的生活圈子相对保守，我很自豪父母的"另类"。后来，看到越来越多和我一样的黑人女性，成为单身母亲，日益沉沦在贫困和混乱的生活之中，我就很少再提及父母的"离经叛道"了。

大概五年前，我结婚了。此前我刻意向母亲隐瞒了很多婚礼的细节，这对我和她都是第一次，我想给她一个惊喜。我想她喜欢我送上的这份礼物。

三年前，死神带走了父亲，父母终于分开了。他们相濡以沫三十年，而我们大多数相爱的人，一生不会这么长时间地相守。可是因为父母之间没有婚书，父亲去世后，他的第一继承人不是母亲，而是我，他的长女。我代替母亲在一份又一份文件上签字，每次都觉得自己把母亲和父亲又隔开了一些——至少是在帮社会把父母隔开。

父亲曾是军人，他的葬礼由军队举办，十分隆重。军号吹过之后，士兵们揭下盖在父亲灵柩上的国旗，交给父亲的家人，确切地说，是交给我。我实在不想接那面旗，那本应该交给母亲的。可是她不是父亲的合法妻子，军队是不会同意的。

在现实面前，母亲为他们的爱情构筑的理想肥皂泡破灭了。这种时候没人会想得起来，我们曾是周末一起骑自行车出去兜风的一家人。

回家途中，母亲、弟弟和我一路无语。家

里满屋子都是前来吊唁的亲戚朋友，母亲在我耳边说，她唯一后悔的，就是没和父亲结婚。如果时光可以倒转，她一定嫁给他。

　　我清楚，母亲的懊悔绝对不仅仅是因为葬礼和那面国旗。她曾经坚信整个世界都能看到她和父亲的爱，但是她没有抓住时机表示出来，结果是世界忽略了他们的承诺。现在，我会时不时地凝视自己的结婚礼服，情不自禁地想起父母的故事。

聆听爱的声音

没有拆开的信

亲情的天平是无法平衡的,因为父母总在付出,而子女只知道接受却不懂付出。

撰文/孙盛起

李星来到这个远离家乡的小城市工作快一年了,这期间,每月都会接到父亲的来信,偶尔一个月会接到两封。不过,所有的信,他只看过三封——前三封。

起初,他是怀着焦急的心情等待父亲的来信,毕竟父亲一个人在乡下料理着一亩三分地,孤苦伶仃又体弱多病,让他放心不下。第一封信,他在收发室里就迫不及待地拆开来看。父亲不识字,一看就知道是邻居那个只上了三年小学就回家放羊的周二狗写的:

儿子:你身体好吗?工作好吗?别担心我,我的身体还好,日子也还过得去。记住,别睡得太晚,别和别人打架,别和头儿顶嘴。还有,晚上起夜要披上衣服,别着凉了。爹说过了,要是你在外面惹了祸,爹

就打断你的腿。父字。

这封信对他这个中专生来说，实在是短而无味，因此刚拿到信时的兴奋转瞬之间就化为失望。尽管他并没有指望一辈子和黄土打交道的父亲能让人写出什么优雅的文字，但这封信也太过生硬，仿佛在无话找话，让他丝毫感觉不到体贴和温暖。不过，他还是立刻写了回信（信中故意用了一些周二狗不认识的字），向父亲说了一些小城和自己工作的情况。毕竟父亲省吃俭用供他读完了中专，他也因此才有了这份工作，对这一点他是十分感激的。

接到第二封信时，李星开始感到父亲很无聊，因为除了把"晚上起夜披上衣服"换成"睡觉时不要开着窗户"外，其余的和第一封信一字不差。这次他写回信拖了几天。看完第三封信，他紧皱着眉头，脸上甚至流露出讥诮的神情。如他所料，这封信和上封信的不同之处，只是将"睡觉时不要开着窗户"改成了"把蚊帐挂上，有蚊子了"。他终于决定以后不再写回信。当然，他并不是为了节省八毛钱的邮票，甚至也不仅仅因为面对如此简单粗陋的来信觉得无话可说，而是这其中还有一个小秘密——信的末尾，有一行写上又划掉的话，他经过仔细辨认，看出那是"我知道你手头紧。爹也过得紧巴巴的"。这再清楚不过了：父亲想向他要钱，可是考虑到儿子才工作不久，又觉得不妥，所以让周二狗把那句话划掉了。

李星的心中顿生怨言：乡下没有多少花钱的地方，即使日子过得紧张，将就一下就过去了。可城市不行，同事间的应酬自然免不了，自己也不能吃穿太寒酸，更何况他现在正在向打字员顾芳献殷勤，上次请她吃饭就花去了他半个月的工资，因此自己到月底还对着瘪口袋发愁呢，哪还有多余的钱往家里寄呢？当然，这些话是不能对父亲说的，说了他也不会理解。而且，父亲这次把那句话划掉了，没准儿下次就真会写上，到那时，他真的不知道该如何是好。思前想后，他觉得最好的办法就是，既不写回信，也不看信，这样眼不见心不烦，落得个清静。

如今，李星的抽屉里已经有十几封没有拆看的父亲的来信。

那天，李星洗完手，擦完脸，对着镜子把头发梳理整齐。宿舍里的人都到食堂吃饭去了，整幢楼显得很安静。今晚他约好顾芳到外面吃饭，因此在宿舍等她打扮好了来叫他。

有人敲门。他兴高采烈地开了门，一看不是顾芳，而是同乡郭立。

一见面，郭立就冷冷地说："你爸给我来了一封信，问你出了什么事？为什么给你写了那么多信你

一封信也没回？真不明白，你怎么不写回信？唉，老人家一个人在家里……"

这可真让人扫兴。李星送走郭立，愤愤地坐在床上，深怪父亲竟然给别人写信打听自己的消息。稍一思索，他的嘴角就不禁露出一丝冷笑：不就是为了钱吗？写信来要钱，见没有结果，急了。哼！看他找什么理由要钱！——他这样想着，就拉开抽屉，拿起刚收到的那封信，狠狠地将信封撕开。

当他将信纸抽出抖开时，一张五元的纸币轻轻飘落在地上！

他的心一惊，连忙看信的内容，见信的末尾清楚地写着："我知道你手头紧，爹也过得紧巴巴的，所以别怪爹邮的钱少。"

他发疯似的把抽屉里的信一一拆开。只见每一封信里都夹着一张五元纸币，而信的末尾都写着那句同样的话！

没有人能独自成功

每个成功者的身后，都可以找到那一双双爱护与关心的手。

撰文/李建文

15世纪，在纽伦堡附近的一个小村子里住着一户人家，家里有十八个孩子。光是为了糊口，一家之主、当金匠的父亲丢勒几乎每天都要干上十八个小时——或者在他的作坊，或者替他的邻居打零工。

尽管家境如此困苦，但丢勒家年长的两兄弟都梦想当艺术家。不过他们很清楚，父亲在经济上绝无能力把他们中的任何一人送到纽伦堡的艺术学院去学习。

经过夜晚床头无数次的私议之后，他们最后议定掷硬币——输者要到附近的矿井下矿四年，用他的收入供给到纽伦堡上学的兄弟；而胜者则在纽伦堡就学四年，然后用他出卖的作品收入支持他的兄弟上学，如果必要的话，也得下矿挣钱。

在一个星期天做完礼拜后，他们掷了硬币。阿尔布列希特·丢勒赢了，于是他离家到纽伦堡上学，而艾伯特·丢勒则下到危险的矿井，以便在今后四年资助他的兄弟。阿尔布列希特在学院很快引起人们的关注，他的铜版画、木刻、油画远远超过了他的教授的成就。到毕业的时候，他的收入已经相当可观。

当年轻的画家回到他的村子时，全家人在草坪上祝贺他衣锦还乡。音乐和笑声伴随着这顿长长的值得纪念的会餐。吃完饭，阿尔布列希特从桌首荣誉席上起身向亲爱的兄弟敬酒，因为他多年来的牺牲使自己得以实现理想。"现在，艾伯特，我受到祝福的兄弟，应该倒过来了。你可以去纽伦堡实现你的梦，而我应该照顾你了。"阿尔布列希特以这句话结束了他的祝酒词。

大家都把期盼的目光转向餐桌的另一端，艾伯特坐在那里，泪水从他苍白的脸颊流下。他连连摇着低下去的头，呜咽着再三重复："不……不……不……"最后，艾伯特起身擦干脸上的泪水，低头瞥了瞥长桌前那些他至爱的面孔，把手举到额前，柔声说："不，兄弟。我不能去纽伦堡了。这对我来说已经太迟了。看……看一看四年的矿工生活使我的手发生了多大的变化！每根指骨都至少遭到一次骨折，而且近来我的右手被关节炎折磨得甚至不能握住酒杯来回敬你的祝词，更不要说用笔、用画刷在羊皮纸或者画布上画出精致的线条。不，兄弟……对我来讲这太迟了。"

为了报答艾伯特所做的牺牲，阿尔布列希特·丢勒苦心画下了他兄弟那双饱经磨难的手，细细的手指伸向天空。他把这幅动人心弦的画简单地命名为《手》，但是整个世界几乎立即被他的杰作折服，把他那幅爱的贡品重新命名为《祈求的手》。

当你看见这幅动人的作品时，请多花一秒钟看一看。它会提醒你，没有人——永远也不会有人，能独自取得成功。

每一个脚印都是你自己走的

有一种爱很像茶，品起来是清苦的，享受的却是那沁人心脾的芬芳。

撰文/陈文海

六岁那年，他得了一种怪病，肌肉萎缩，走路时两腿无力，常常跌倒，且每况愈下，直至行走越发困难。他父母急坏了，带他走遍了全国各地有名的医院，请了无数专家诊疗，甚至动过让他出国治疗的念头。每一家医院的结果都一样——重症肌无力。专家说，目前此病只能依靠药物并辅以营养搭配与身体锻炼来调节。他的生活从此变得不同于常人。

上小学了，他开始有了自己的苦恼。他家离学校很近，正常孩子十多分钟便能走完的路程，他却要花费几倍的时间才能到达。

九岁那年的冬天，一个下午，天气骤变，随后便雪花飞舞。到放学时，路上已铺满厚厚的一层雪。很多家长赶到学校来接孩子。他想自己腿脚不方便，雪又这么大，爸妈一定会来接的。他站在校门口，等着。

直到孩子都被家长接走了，也未见到自己的父母。他的焦急变成了伤心：爸爸妈妈为什么不疼爱我？工作再忙也得想到我呀？他的泪在脸上蜿蜒。终于，他吸了一口气，咬咬牙，迎着暮色，踏上返家的路。这一段路途走得实在艰难，不知摔了多少跟头，也不知走了多长时间。委屈、恐慌、愤怒交织在一起。他想等到了家里，父母不管说什么理由，他也不理会他们。此时，他恨极了父母。

　　终于，他蹒跚到了家门口。让他没想到的是，眼含热泪的爸爸急急地跑过来为他开了门。随后，他那掩面痛哭的妈妈一下子扑上来，紧紧

地抱住了他。一家三口哭成一团。许久，哭红眼睛的妈妈无比怜爱地摸着他的头，对他说："孩子，你回头看一看，那路上的每一个脚印都是你自己走的。今天，爸爸妈妈真为你感到骄傲与自豪！……你在以后的生活中，肯定会遇到许许多多的困难。如果都能像今天这样顽强地走过来，那你将永远是爸妈心中最有出息的孩子，是最棒的男子汉。"

他是我的学生，告诉我这件事的时候，他已是个十四岁的少年，须借助拐杖才能走路，但他很乐观。他说，永远忘不了那个冬夜傍晚的一幕，牢牢记得妈妈跟他讲的话——"每一个脚印都是你自己走的"。这句话，让他树立起强大的信心，让他敢于面对一切困难。

是的，每一个脚印都是你自己走的。人生的旅途中，父母只能陪伴你一程，更多的艰难险阻需自己去克服。

父母对子女的爱，并不都是轰轰烈烈，有时它就隐藏在某一个细微处，需要你用一生来品读，用一生去求证。

棉袄与玫瑰

清贫的生活中因为有爱装点,所以才显得格外温馨和幸福。

撰文/(美)杰瑞·沃曼

在小镇最阴湿寒冷的街角,住着约翰和妻子珍妮。约翰在铁路局干一份扳道工兼维修的活,又苦又累;珍妮在家做家务,空闲时就去附近的花市干点杂活,以补贴家用。生活是清贫的,但他们是相爱的一对。

冬天的一个傍晚,小两口正在吃晚饭,突然响起了敲门声。珍妮打开门,门外站着一个冻僵了似的老头,他手里提着一个菜篮。

"夫人,我今天刚搬到这里,就住在对街。您需要一些菜吗?"老人的目光落到珍妮缀着补丁的围裙上,神情有些黯然了。

"要啊,"珍妮微笑着递过几个便士,"胡萝卜很新鲜呢。"

老人浑浊的声音里又有了几分激动:"谢谢您了。"

关上门,珍妮轻轻地对丈夫说:"当年我爸爸也是这样挣钱养家

的。"

　　第二天，小镇下了很大的雪。傍晚的时候，珍妮提着一罐热汤，踏过厚厚的积雪，敲开了对街的房门。

　　两家很快结成了好邻居。每天傍晚，当约翰家的木门响起卖菜老人笃笃的敲门声时，珍妮就会捧着一碗热汤从厨房里迎出来。

　　圣诞节快来时，珍妮与约翰商量着从开支中省出一部分来给老人置件棉衣："他穿得太单薄了，这么大的年纪每天出去挨冻，怎么受得了。"约翰点头默许了。

　　珍妮终于在平安夜的前一天把棉衣赶成了。铺着厚厚的棉絮，针脚密密的。平安夜那天，珍妮还特意从花店带回一枝处理的玫瑰，插在放棉衣的纸袋里。她趁老人出门购菜的时候，把东西放到了他家门口。

两小时后，约翰家的木门响起了熟悉的笃笃声，珍妮一边说着圣诞快乐，一边快乐地打开门，然而，这回老人却没有提着菜篮子。

　　"嗨，珍妮，"老人兴奋地微微摇晃着身子，"圣诞快乐！平时总是受你们的帮助，今天我终于可以送你们礼物了，"说着老人从身后拿出一个大纸袋，"不知哪个好心人送的，放在我家门口，是很不错的棉衣呢。我这把老骨头冻惯了，送给约翰穿吧，他上夜班用得着。还有，"老人略带羞涩地把一枝玫瑰递到珍妮面前，"这个给你。也是插在这纸袋里的，我淋了些水，它美得像你一样。"

　　娇艳的玫瑰上，一闪一闪的，是晶莹的水滴。

母爱是一根穿针钱

一句"母亲很容易满足"道出了天下母亲的心声——"只要理解妈妈就行了"。

撰文/尤天晨

母亲为儿子整理衣服时，发现儿子衬衣袖子上的纽扣松动了，她决定给儿子钉一下。

儿子很年轻，却已是一名声誉日隆的作家。天赋和勤奋成就了他的今天。母亲因此而骄傲——她是作家的母亲！

屋子里很静，只有儿子敲击键盘的滴滴答答声，为他行云流水的文字伴奏。母亲能从儿子的神态上看出，他正文思泉涌。她在抽屉里拢针线时，不敢弄出一点声响，唯恐打扰了儿子。还好，母亲发现了一个线管，针就插在线管上。她把它们取出来，轻轻推好抽屉。

可她遇到了麻烦，当年的绣花女现在连针也穿不上了。一个月前她还穿针引线缝被子，现在明明看见针孔在那儿，就是穿不进去。

她不相信视力下降得这么厉害。再次把线头伸进嘴里濡湿,再次用左手的食指和拇指把它捻得又尖又细,再次抬直手臂,让眼睛与针的距离最近,再试一次。

——还是失败。

再试……

线仍未穿进针眼里。

儿子已对文章进行后期排版,他从显示屏上看见反射过来的母亲,怔住了。他忽然觉得自己就是那根缝衣针,虽然与母亲朝夕相处,可他的心却被没完没了的文章堵死了,母爱的丝线在他这里已找不到进出的"孔",可母亲还是不甘放弃。

儿子的眼睛热了,他这才想起许久不曾和母亲交流过感情,也没有关心过她的衣食起居了。

"妈,我来帮你。"儿子离开电脑。只一刹那,丝线穿针而过,母亲笑纹如花,用心为儿子钉起纽扣来,像在缝合一个美丽的梦。

儿子知道今后该怎么做了,因为母亲很容易满足。比如,只是帮她穿一根针,实现她为你钉一颗纽扣的愿望,使她付出的爱畅通无阻。就如此简单。

母亲的生日

爱需要适时地表达出来，不要让它只在追忆中流淌。

撰文/佚名

戈菲德在为工作埋头忙碌过冬季之后，终于获得了两个星期的休假。他老早就计划好要利用这个机会到一个风景极佳的观光胜地去，泡泡音乐厅，交些朋友，喝些好酒，随心所欲地休憩一番。临行前一天下班回家，他十分兴奋地整理行装，把大箱子放进轿车的后备厢里。

第二天早晨出发前，戈菲德打电话给他母亲，告诉她去度假的事。母亲说："你会不会顺路经过我这里，我想看看你，我们很久没有团聚了。"他说："母亲，我也想去看你，可是我已与人约好了见面时间。"

戈菲德开车正要上高速公路时，忽然记起今天是母亲的生日。于是他绕回一段路，停在一个花店门口，打算买些鲜花，叫花店给母亲送去。店里有个小男孩，刚挑好一把玫瑰，在付钱。小男孩满脸愁容，因为他发现所带的钱不够，少了十美元。戈菲德问小男孩："这些花是做什么用的？"小男孩说："送给我妈妈，今天是她的生日。"戈菲德为小男孩凑足了钱。小男孩很快乐地说："谢谢你，先生。我妈妈会感激你的慷慨。"戈菲德说："没关系，今天也是我母亲的生日。"然后，小男孩微笑着抱着花走了。

戈菲德选好一束玫瑰、一束康乃馨和一束黄菊花，付了钱，给花店老板写下母亲的地址，然后发动车继续上路。

刚开出一小段，转到一个小山坡前，戈菲德见刚才的那个小男孩跪在一座墓碑前，把玫瑰花摊放在碑上。小男孩看见他，微笑着挥手说："我妈妈喜欢我给她的花。谢谢你，先生。"

戈菲德将车开回花店，找到老板，问道："那几束花是不是已经送走了？"老板说："还没有。""不必麻烦你了，"他说，"我自己去送。"

母亲的信念

爱是创造奇迹的力量。有了爱，任何种子都可以长成茁壮的生命。

撰文/陈文英

有一个女孩，没考上大学，被安排在本村的小学教书。由于讲不清数学题，不到一周就被学生轰下了讲台。母亲为她擦了擦眼泪，安慰说："满肚子的东西，有人倒得出来，有人倒不出来，没必要为这个伤心，也许有更适合你的事情等着你去做。"

后来，她又随本村的伙伴一起外出打工。不幸的是，她又被老板轰了回来，原因是剪裁衣服的时候，手脚太慢了，品质也过不了关。母亲对女儿说："手脚总是有快有慢，别人已经干很多年了，而你一直在念书，刚开始干怎么快得了呢？"

女儿先后当过纺织工，干过市场管理员，做过会计，但无一例外，都半途而废。而每次女儿沮丧回来时，母亲总安慰她，从没有抱怨。

三十岁时，女儿凭着一点语言天赋，做了聋哑学校的辅导员。后来，她又开办了一家残障学校。再后来，她在许多城市开办了残障人用品连锁店，很快成了一个拥有几千万资产的老板。

有一天，功成名就的女儿凑到已经年迈的母亲面前，她想得到一个一直以来想知道的答案，那就是前些年她连连失败，连自己都觉得前途渺茫的时候，是什么原因让母亲对她那么有信心呢？

母亲的回答朴素而简单。她说："一块地，不适合种麦子，可以试试种豆子；豆子也长不好的话，可以种瓜果；如果瓜果也不济的话，撒上一些荞麦种子一定能够开花。因为一块地，总有一粒种子适合它，也终会有属于它的一片收成。"

听完母亲的话，女儿落泪了。她明白了，母亲恒久而不绝的信念和爱，就是一粒坚韧的种子；她的奇迹，就是这粒种子执著生长出的奇迹。

母亲的牙托

爱使人改变，改变又使人更懂爱的意义。

撰文/晓肖

父母是在我读初中时离异的，我跟随了母亲。其实在一定程度上，父亲走这一步，就在于母亲一天到晚地唠叨。后来我才知道，母亲得了一种属于更年期引起的多语症。离婚后的母亲依旧整天唠叨个不停，特别是在我上学前、放学后，因为有了我这个"倾诉"的对象，母亲唠叨起来更是没完没了。我不止一次地请求母亲住住嘴，但无济于事。后来母亲意识到这是病症后，也曾经到医院就诊，但因无特效药，母亲的唠叨还是时好时坏。那年中考，一向成绩优异的我没有考上重点高中！这一结局让母亲大吃一惊。

高一开学后的一个星期天，母亲突然由唠叨变得一言不发。我和她讲话，她总是把背对着我，不理我。看到母亲一反常态，我吓坏了，以为她受了刺激精神失常，便多了个心眼留神观察。我看到母亲嘴里经常鼓鼓的，像是含了什么东西，便拉着母亲问。母亲被逼不过，只得张开了嘴：原来母亲在嘴里含了一副拳击运动员专门用来护齿的牙托！母亲说，为了改掉唠叨的毛病，她尝试了许多种办法，最后选用牙托塞嘴这个办法。"我就是做哑巴，也要改掉这个坏毛病！"母亲充满信心地说。

母亲的行为深深地打动了我。每当学习倦怠时，每当遇到学习中的拦路虎时，我就会想起母亲的牙托，于是勇气倍增。在这种亲情动力的驱动下，三年后的我创造了普通高中考上清华大学的奇迹。

或许就在我发现母亲不说话的秘密的那一天，我才真正了解了母亲。因更年期引起的多语症确实没有什么特效药可治，然而在伟大的无私奉献的母爱面前，它却显得多么得不堪一击！一副小小的牙托竟能发出如此神奇的力量！多年后的我仍不禁为母亲的煞费苦心和顽强毅力所感动。

母亲的作业

在母亲心中，儿女是自己的天，母亲无怨无悔地付出就是为了撑起这片广阔的天。

撰文/贺点松

驱车从千里之外的省城赶回老家。"我母亲得了什么病？严重吗？"杨帆急切地问主治大夫。大夫看看他说："胃癌晚期。老人的时间不多了……"杨帆顿时泪如泉涌。

出了诊所，杨帆立即用手机通知副手，从今天起由他全权负责公司事务。杨帆要在母亲最后的日子里陪伴在母亲身边。

父亲早逝，为拉扯他们兄妹四个长大，母亲受尽了千辛万苦。母亲的腹痛是从两年前开始的，杨帆兄妹曾多次要带母亲到省城医院检查，每次母亲都说："不就是肚子痛吗，检查个啥，吃点药就好了，妈可没那么娇气！"母亲总是这样，生怕拖累儿女，生怕影响儿女们的工作。

杨帆开始守在母亲的病床边。母亲每天都要忍受病痛的折磨。杨帆想方设法转移母亲的注意力，减轻母亲的痛苦。他跟母亲聊天，给母亲讲一些有趣的事情，用单放机让母亲听戏……

有一天，陪母亲闲聊时，母亲忽然笑道："你兄妹四个都读了大学，你妹妹还到美国读了博士。可妈连自己的名字都不认得，竟然也过了一辈子。想想真是好笑……"

杨帆脑海里立刻跳出一个念头，就对母亲说："妈，我现在教你认字写字吧！"

妈笑了："教我认字？我都快进棺材的人了，还能学会？"

"你能，妈。认字写字很简单的。"说完杨帆就找出一张报纸，教起母亲认字……

他手指着一则新闻标题上的一个字，读："大。"

母亲微笑着念:"大。"

他手指着另一个字,读:"小。"

母亲微笑着念:"小。"

病房里所有的人都向这一对母子投来了惊讶、羡慕和赞许的目光。

隔了几天,杨帆还专门买了一个生字本,一支铅笔,手把手地教母亲写字。母亲写的字歪歪斜斜,可是看起来很祥和,很温馨。当然,母亲每天最多只能学会几个最简单的字。可是母亲饶有兴趣地让杨帆教她写他们兄妹四人的名字,她写那几个字时,满脸都是灿烂的笑容,不像一个身染绝症的人了。

一个月后的一个深夜,母亲突然走了。那个深夜,杨帆太累了,趴在母亲的床边打了个盹儿,醒来时,母亲已悄然走了。

母亲是面带微笑走的。母亲靠在床边,左手拿着生字本,右手握着铅笔。泪眼朦胧的杨帆看到,母亲的生字本上歪歪斜斜地写着这样一些汉字:杨帆杨剑杨静杨玲爱你们。"爱"字前边,母亲涂了好几个黑疙瘩。母亲最终没有学会写"我"字。

你的肩上有蝴蝶吗

在很多情况下，爱需要牺牲，既然这样，为什么不当一只坦然从容的"蝴蝶"呢？

撰文/滴雨

在一个祥和而美丽的小镇上，有一对非常相爱的男女，他们常常相依在山顶望日出，相偎在海边送夕阳，每个见过他们的人都不禁送出羡慕的目光、真挚的祝福。

可是有一天，男人不幸受了重伤，他躺在医院的病床上几天几夜都没醒过来。白天女人就守在床前不停呼唤着毫无知觉的爱人，晚上她就跑到镇上的小教堂里祈祷，几乎哭干了眼泪。

一个星期过去了，男人依然昏睡着，而女人早已经变得憔悴不堪了，但她仍然苦苦地支撑着。终于有一天，上帝被这个痴情而执著的女人感动了，于是他决定给这女人一个例外。上帝说："我可以让你的爱人很快就好起来，但是你要答应我化作三年的蝴蝶，你愿意吗？"女人

听了激动而坚定地回答道:"我愿意!"

天亮了,女人变成了一只美丽的蝴蝶,她告别上帝便匆匆赶回了医院。结果那男人真的醒了,而且他还正在跟一位医生交谈着什么,可惜她听不到。

几天后男人便康复出院了,但是他并不快乐,他向每个路人打听女人的下落,但没人知道他的女人究竟去了哪儿。男人整天不吃饭不休息,执著地寻找着。早已变成蝴蝶的女人在他身边飞来飞去,她不会呼喊,不会拥抱,只能默默地承受他的视而不见。

夏天结束了,凉凉的秋风吹落了树叶,蝴蝶不得不离开这儿,于是她最后一次飞落到男人的肩膀上。她想用自己轻薄的翅膀抚摸他的脸。用细小的嘴唇亲吻他的额头,然而她微弱的身体实在不足以被他发现。

转眼间,第二年春天来了,蝴蝶迫不及待地飞回来寻找自己的爱人,然而熟悉的身影边竟站了一个漂亮的女人。那一刹那,蝴蝶几乎从半空中坠落下来。人们讲述着圣诞节时男人病得多么严重,描述着那名女医生多么善良可爱,还描述着他们的爱情多么理所当然,当然也描述了男人已经快乐如从前……

蝴蝶伤心极了,接下来的几天,她常常看到自己的爱人带着那个女人到山上看日出，在海边送日落，而她自己除了偶尔能停落在他的肩膀上以外，竟什么都做不了。

这一年的夏天特别长，蝴蝶每天痛苦地低飞着，她已经没有勇气接近自己的爱人。他和那个女人之间的喃喃细语，他和她快乐的笑声都令人窒息。

第三年夏天，蝴蝶已经不再常常去看望自己的爱人了。他轻拥着女人的肩，轻吻着女人的脸，根本就没时间去留意一只心碎的蝴蝶，更没有心情去怀念过去。

上帝与蝴蝶约定的三年很快就要结束了，在最后的一天，蝴蝶的爱

人跟那个女人举行了婚礼。蝴蝶悄悄地飞进了教堂，轻落在上帝的肩膀上，她听着下面的爱人对上帝发誓说："我愿意！"她看着爱人把戒指戴到那个女人的手上，然后看着他们甜蜜地亲吻着，蝴蝶流下了伤心的眼泪。

上帝心酸地叹息着："你后悔了吗？"蝴蝶擦干了眼泪说："没有。"上帝又带着一丝愉悦说："明天你就可以变回你自己了。"蝴蝶摇了摇头："就让我做一辈子蝴蝶吧……"

有些失去是注定的，有些缘分是永远没有结果的。爱一个人不一定要拥有，但拥有一个人就一定要去好好地爱他。

你的肩膀上有蝴蝶吗？

奇迹的名字叫父亲

让生命出现奇迹的是,一份厚重的爱——父亲对家人深深的爱。

撰文/叶倾城

当我开始认识父亲但还没有了解他的时候,一位外籍教授给我讲了一个故事,一个关于父亲的故事。

很久很久以前,在一艘横渡大洋的船上,有一位父亲带着六岁的儿子去美国和妻子会合。一天,当男人在舱里用水果刀削苹果给儿子吃时,船体却突然剧烈摇晃,刀子在男人摔倒时不慎插进了他的胸部。

男人慢慢站起来,趁儿子不注意,用拇指揩去了刀锋上的血。

以后的三天,男人照常照顾儿子,带他吹海风,看蔚蓝的大海,仿佛一切如常。儿子尚小,还不能注意到父亲每一分钟都比上一分钟衰弱。父亲望着海平线的目光是如此的忧伤。

到达的前夜,男人来到儿子的旁边,对儿子说:"明天见到妈妈的时候，告诉她，我爱她。"说完，在儿子的额头上深深地留下一个吻。

船到美国了，儿子在人潮中认出了妈妈，大喊："妈妈！妈妈！"就在此时，男人仰面倒下，胸口的血如井喷般涌出。

尸解的结果让所有人都惊呆了：那把刀子无比精确地插进了他的心脏，他却多活了三天，而且不被任何人发觉。唯一可能的解释是，因为创口太小了，使得被切开的心依原样贴在一起，维持了三天的供血。

这是医学上罕见的奇迹。医学会议上，有人说要称它为"大西洋奇迹"，有人建议要以死者的名字命名。

一位坐在首席的老先生一字一句地说："这个奇迹的名字叫父亲。"

欠父亲一声"谢谢"

一脉相承的不仅仅是血缘关系,还有那相通的亲情、相同的话语。

撰文/蔡成

在动物园,看到两只猴子在荡秋千,儿子格外兴奋,站在猴山旁边的铁围栏外久久不愿离去。不知是谁突然扔出一瓶可乐,两只猴子立刻停下玩耍,拼命去争抢在地上滚动的可乐。儿子好像记起自己也口渴了,说:"爸爸,我口干,我要喝水。"

"好,我们一起去买水。"我一边应着,一边拉着儿子准备离开猴山。儿子依旧抓着栏杆:"不,爸爸,我还要看猴子。"父亲正站在我们旁边,就对我说:"我去买,你在这儿陪逗逗吧。"看着父亲蹒跚离去,我喊道:"爸,多买一瓶吧,我也有些渴了。"

小卖部不远。很快,父亲将一瓶水递给我,我旋开瓶口递给儿子,由他自己去喝。随之我取过父亲手上的另一瓶水,几口就消灭掉一半。

父亲看我将瓶盖拧回去了，一伸手，水瓶又回到他手上了。这是老习惯了，往往全家人一同出来游玩，六十多岁的老父亲俨然是大半个"勤杂工"。儿子还仰头抱着瓶子张口咕咚咕咚猛灌，喝水声很响亮，其实才吞下去一点。好一阵之后，儿子将瓶子递还到我手上，与此同时他凑到我脸颊上亲了一口，亲密地说："爸爸，我喝饱了。谢谢爸爸。"

不知为何，我忽然觉得心里起了些许波澜，我想起自己忘了一句话。我刚拧好儿子的这瓶水，父亲的手又伸到我面前了："你照看好逗逗吧，我去放生池旁坐会儿。"父亲指指放生池，那里有一排石椅。我稍一迟疑，喊道："爸……"父亲正转身欲走，听我喊他，回头问："还要买什么吗？我去。"我摇头，轻声说："爸，谢谢您了。"

父亲什么也没说，停顿了半秒，还是朝放生池走去。可我觉得他有些混浊的眼睛仿佛很亮地闪了几下。我再一次学着儿子，对着老父亲的背影在心里悄悄喊了一声："谢谢爸爸。"

秋天的怀念

一心以为自己是世上最不幸的一个,哪里知道自己的不幸在母亲那儿总是要加倍的。

撰文/史铁生

双腿瘫痪后,我的脾气变得暴躁无常,望着望着天上北归的雁阵,我会突然把面前的玻璃砸碎;听着听着李谷一甜美的歌声,我会猛地把手边的东西摔向四周的墙壁。母亲这时就悄悄地躲出去,在我看不见的地方偷偷地听着我的动静。当一切恢复沉寂,她又悄悄地进来,眼圈红红的,看着我。

"听说北海的花儿都开了,我推着你出去走走。"她总是这么说。母亲喜欢花,可自从我瘫痪以后,她侍弄的那些花都死了。

"不,我不去!"我狠命地捶打这两条可恨的腿,喊着,"我活着有什么劲!"母亲扑过来抓住我的手,忍住哭声说:"咱娘儿俩在一块儿,好好儿活,好好儿活……"

可我一直都不知道，母亲的病已经到了那步田地。后来妹妹告诉我，她常常肝疼得整宿整宿翻来覆去地睡不了觉。

那天我又独自坐在屋里，看着窗外的树叶"刷刷啦啦"地飘落。母亲进来了，挡在窗前："北海的菊花开了，我推着你去看看吧。"她憔悴的脸上现出央求般的神色。

"什么时候？"

"你要是愿意，就明天？"她说。我的回答已经让她喜出望外了。

"好吧，就明天。"我说。

她高兴得一会儿坐下，一会儿站起："那就赶紧准备准备。"

"唉呀，烦不烦？几步路，有什么

好准备的！"

　　她笑了，坐在我身边，絮絮叨叨地说着："看完菊花，咱们就去'仿膳'，你小时候最爱吃那儿的豌豆黄儿。还记得那回我带你去北海吗？你偏说那杨树花是毛毛虫，跑着，一脚踩扁一个……"她忽然不说了。对于"跑"和"踩"一类的字眼儿，她比我还敏感。她又悄悄地出去了。

　　她出去了，就再也没回来。

　　邻居们把她抬上车时，她还在大口大口地吐着鲜血。我没想到她已经病成那样。看着三轮车远去，也绝没有想到这竟是永远永远的诀别。

　　邻居的小伙子背着我去看她的时候，她正艰难地呼吸着。别人告诉我，她昏迷前的最后一句话是："我那个有病的儿子和我那个还未成年的女儿……"

　　又是秋天，妹妹推着我去北海看了菊花。那黄色的花淡雅，白色的花高洁，紫红色的花热烈而深沉，泼泼洒洒，在秋风中正开得烂漫。我懂得母亲没有说完的话。妹妹也懂。我俩在一块儿，要好好儿活……

生命时钟

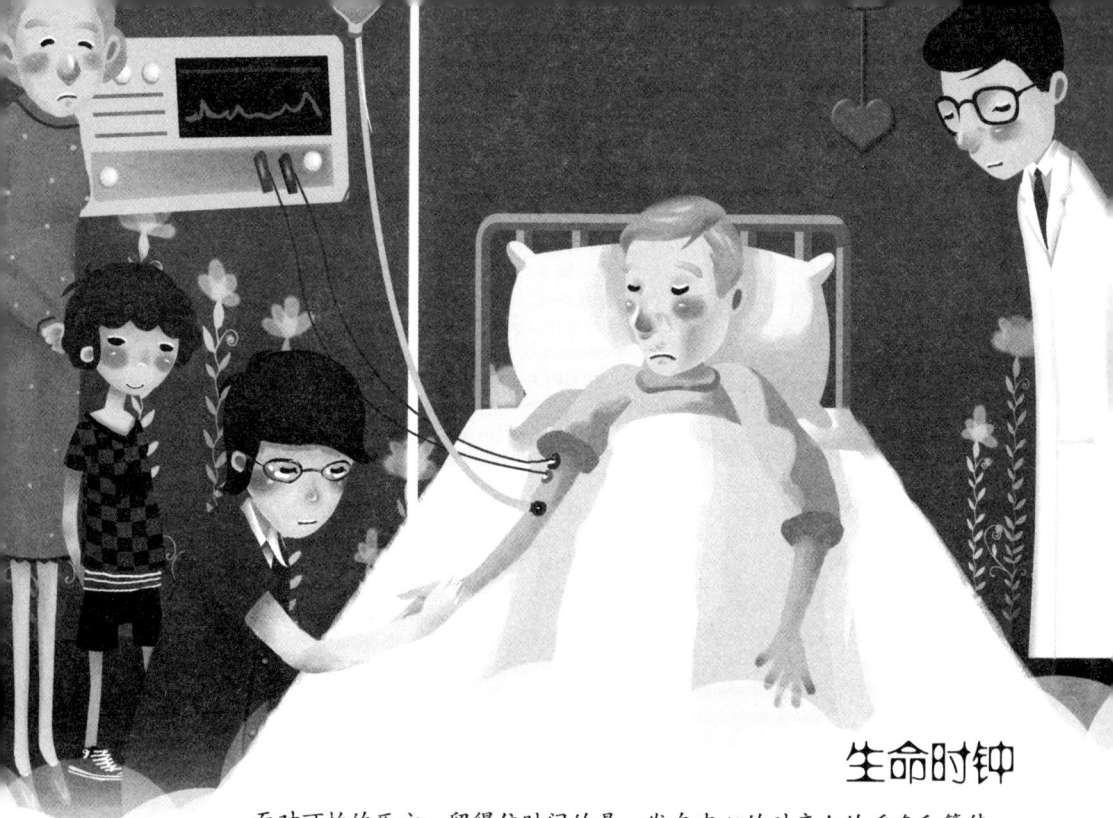

面对可怕的死亡，留得住时间的是，发自内心的对亲人的呼唤和等待。

撰文/佚名

朋友的父亲病危，朋友从国外给我打来电话，让我帮他。我知道他的意思，即使以最快的速度，他也只能在四个小时后赶回来，而他的父亲，已经不可能再挺过四个小时。

赶到医院时，见到朋友的父亲浑身插满管子，正急促地呼吸。床前，围满了悲伤的亲人。

那时，朋友的父亲狂躁不安，双眼紧闭着，双手胡乱地抓。我听到他含糊不清地叫着朋友的名字。每个人都在看我，目光中充满着无奈的期待。我走过去，轻轻抓起他的手，说："是我，我回来了。"

朋友的父亲立刻安静下来，面部表情也变得安详。但仅仅过了一会儿，他又一次变得狂躁。他松开我的手，继续胡乱地抓。我知道，我骗不了他。没有人比他更了解自己的儿子。于是我告诉他，他的儿子现在还在国外，但四个小时后肯定可以赶回来。

朋友的父亲又一次安静下来，然后他的头努力向一个方向歪着，一只手急切地举起。我注意到，那个方向的墙上挂着一个时钟。我对朋友的父亲说："现在是一点十分。五点十分时，你的儿子将会赶来。"朋友的父亲放下他的手。我看到他长舒了一口气，尽管他双眼紧闭，但我仿佛可以感觉到他期待的目光。

每隔十分钟，我就会抓着他的手，跟他报一下时间。四个小时被每一个十分钟整齐地分割掉。有时候我感到他即将离去，却总被一个个的十分钟唤回。

朋友终于赶到了医院，他抓着父亲的手，说："是我，我回来了。"我看到朋友的父亲从紧闭的双眼里流出两滴满足的眼泪，然后静静地离去。

朋友的父亲，为了等待他的儿子，为了听听儿子的声音，挺过了他生命中最后的也是最漫长的四个小时。每一名医生都说，不可思议。

后来，我想，假如他的儿子在五个小时后才能赶回，那么，他能否继续挺过一个小时呢？我想，会的。生命的最后一刻，亲情让他不忍离去。

悠悠亲情，每一个世人的生命时钟。

生死跳伞

不要轻易怀疑友谊,要知道世上真有"士为知己者死"的凛然豪情。

撰文/佚名

汤姆有一架自己的小型飞机。一天,汤姆和好友库尔及另外五个人乘飞机飞越一个人迹罕至的海峡。飞机已飞行了两个半小时,再有半个小时就可到达目的地了。

忽然,汤姆发现仪表上显示飞机上的油料不多了。汤姆判断是油箱漏油了。因为起飞前,他给油箱加满了油。

汤姆一公布这个消息,飞机上的人一阵惊慌。汤姆安慰大家:"没关系的,我们有降落伞!"说着,他将操纵杆交给也会开飞机的库尔,走向机尾,拿来了降落伞。汤姆给每个人发了一顶降落伞后,也在库尔身边放下一个盛有降落伞的袋子。他说:"库尔,我的好兄弟,我带领五个人先跳,你开好飞机,最后在适当时候再跳吧。"说着带领五个人跳了下去。

　　飞机上就剩库尔一个人了。这时，仪表显示油料已尽，飞机在靠滑翔无声地向前飞。库尔也决定跳下去。于是，他一手扳紧操纵杆，一手抓过降落伞包。他一掏，大惊，包里没降落伞，是一包汤姆的旧衣服！

　　库尔咬牙大骂汤姆！没伞可跳！没油料，靠滑翔飞机是飞不长久的！库尔急得浑身冒汗，只好使尽浑身解数，往前能开多远算多远。飞机无声息地朝前飘着，往下降着，与海面距离越来越近……就在库尔彻底绝望时，奇迹出现了，一片海岸出现在眼前。他大喜，用力猛拉操纵杆，飞机贴着海面冲过去，嗵的一声撞在松软的海滩上，库尔晕了过去。

　　半个月后，库尔回到他和汤姆所居住的小镇。他拎着那个装有旧衣服的伞包来到汤姆家，在门外发出狮子般的怒吼：

"汤姆，你这个出卖朋友的家伙，给我滚出来！"

汤姆的妻子和三个孩子跑出来，一齐问他发生了什么事。库尔很生气地讲了事情的经过，并抖动着那个包，大声地说："看，他就是用这东西骗我的！他没想到我没死，真是老天保佑！"

汤姆的妻子说了声："他一直没有回来。"就认真翻查那个包。旧衣服被倒了出来后，她从包底拿出一张纸片。但她只看了一眼，就大哭起来。库尔一愣，拿过纸片来看。纸上有两行极潦草的字，是汤姆的笔迹，写的是：

库尔：我的好兄弟，机下是鲨鱼区，跳下去必死无疑；不跳，没油的飞机不堪重负，会很快坠海。我带他们跳下后，飞机减轻了重量，肯定能滑翔过去……你就大胆地向前开吧，祝你成功！

世上最美味的泡面

人生百味，再添加一点"理解"的作料，生活的味道会更美。

撰文/佚名

他是个单亲爸爸，独自抚养一个七岁的小男孩。每当孩子和朋友玩耍受伤回来，他对妻子过世留下的缺憾，便感受尤深，心底不免传来阵阵悲凉的低鸣。

这是他留下孩子出差当天发生的事。因为要赶火车，没时间陪孩子吃早餐，他便匆匆离开了家门。一路上担心着孩子有没有吃饭，会不会哭，心老是放不下。即使抵达了出差地点，也不时打电话回家。可孩子总是很懂事地要他不要担心。

然而因为心里牵挂不安，他便草草处理完事情，踏上归途。回到家时孩子已经熟睡了，他这才松了一口气。旅途上的疲惫，让他全身无力。正准备就寝时，他突然大吃一惊：棉被下面，竟然有一碗打翻了的泡面!

"这孩子!"他在盛怒之下,朝熟睡中的儿子的屁股上一阵狠打。

"为什么这么不乖,惹爸爸生气?你这样调皮,把棉被弄脏,谁给洗?"这是妻子过世之后,他第一次体罚孩子。

"我没有……"孩子抽抽咽咽地辩解着,"我没有调皮,这……这是给爸爸吃的晚餐。"

原来孩子为了配合爸爸回家的时间,特地泡了两碗泡面,一碗自己吃,另一碗给爸爸。可是因为怕爸爸那碗面凉掉,所以放进了棉被底下保温。

爸爸听了,一语不发地紧紧抱住孩子。看着碗里剩下那一半已经泡涨了的泡面:"啊!孩子,这是世上最……最美味的泡面啊!"

所有的母亲都是一样的

"母亲"这个称呼是神圣的，因为它不仅代表了爱，还代表了牺牲。

撰文/佚名

那天清晨，县城城西老街的一栋居民楼突然起火了。那是二十世纪四十年代修建的、砖木结构的老房子——木楼梯、木窗户、木地板，一烧就着。居民们纷纷往外逃，没想到才逃出一半人，木质楼梯就"轰"的一声倒塌了。剩下的九个居民只好跑到唯一没烧起来的三楼楼顶，等着消防队救援。

消防队不一会儿赶到了，可让他们手足无措的是，这片老巷子太窄太密，消防车和云梯根本过不去。情势已经十分紧急，大火随时可能烧到顶楼。眼看着底层用以支撑整幢楼的粗木柱被烧得"嘎吱嘎吱"响，随时可能倒塌，消防队长来不及想别的，随手拽下一位逃出来的居民披着的旧毛毯，和其他三个消防员一起拉开，对着上面大声喊："跳！一个一个地往下跳，往毛毯上跳！背部着地！"

为了安全起见，他亲自示范类似背跃式跳高的动作。只有背部着地才是最安全的，而且不容易撞破旧毛毯。

第一个男人跳下来了，屁股着地，可没有受伤；一个小孩子跳下来了，背部着地……人们的姿势越来越规范，顶多是从毛毯上滚下来时有些擦伤。可还有一个裹着大衣的女人站在楼顶，犹豫着不敢跳。

火势越来越猛，一根柱子燃烧着忽然"喀嚓"一声断了。人们惊叫了一声，消防队长的喉咙都嘶哑了："跳啊！你赶紧跳啊！"小楼晃荡了一下，女人终于下定决心跨过护栏跳了下来，在场的人集体惊呼：她用的分明是跳水的姿态，头部向下。女人好像一发炮弹一样迅速坠落在毛毯

上，由于受力面积太小，旧毛毯"嗤"的一声裂开，女人的头部重重撞到了地上，顿时鲜血横流。

这个女人真是笨啊，前面的人跳得那么好，看也该看会了，在场的人都这样想着，忍不住奔了过去。奄奄一息的女人在消防队长的怀里很艰难地笑了。她的大衣敞开着，大家这才看到她的小腹高高隆起。"已经八个多月了。"女人轻声地说，"赶紧送我去医院，剖腹，它能活……"

那是我亲眼见到的一幕，女人后来被送去了医院。我不知道她后来有没有活下去，可我记得那一刻所有人的沉默和感动。那个姿势对于一个母亲来说是最安全的，对她自己则是最危险的。

忽然想起了丰子恺《护生画集》里面的一幅画：有人烹煮黄鳝，发现黄鳝熟了以后头尾弯成弓形，中部翘在滚水外。剖开来看，发现里面密密麻麻全是鱼子——原来所有的母亲都是一样的，最安全的地方，永远给予孩子。

她是我的朋友

危难中勇于舍身忘己的朋友,才是真朋友。

撰文/佚名

那是发生在越南一个孤儿院里的故事,由于飞机的狂轰滥炸,一颗炸弹被扔进了这个孤儿院,几个孩子和一位工作人员被炸死了,还有几个孩子受了伤。其中有一个小女孩流了许多血,伤得很重!

幸运的是,不久后一个医疗小组来到了这里,小组只有两个人,一个女医生,一个女护士。女医生很快进行了急救,但在那个小女孩那里出了一点问题。小女孩流了很多血,需要输血,而她们带来的不多的医疗用品中没有可供使用的血浆。于是,医生决定就地取材,她给在场的所有的人验了血,终于发现有几个孩子的血型和这个小女孩是一样的。可是,问题又出现了,那个医生和护士都只会说一点点的越南语和英语,而在场的孤儿院的工作人员和孩子们只听得懂越南语。

聆听爱的声音

女医生尽量用自己会的越南语加上一大堆的手势告诉那几个孩子："你们的朋友伤得很重，她需要血，需要你们给她输血！"终于，孩子们点了点头，好像听懂了，但眼里却藏着一丝恐惧！

孩子们没有人吭声，没有人举手表示自己愿意献血！女医生没有料到会是这样的结局，一下子愣住了，为什么他们不肯献血来救自己的朋友呢？难道刚才对他们说的话他们没有听懂吗？忽然，一只小手慢慢地举了起来，但是刚刚举到一半却又放下了，好一会儿又举了起来，再也没有放下！

医生很高兴，马上把那个小男孩带到临时的手术室，让他躺在床

上。小男孩僵直着躺在床上，看着针管慢慢地插入自己细小的胳膊，看着自己的血液一点点地被抽走，眼泪不知不觉地就顺着脸颊流了下来。医生紧张地问是不是针管弄疼了他。他摇了摇头，但是眼泪还是没有止住。医生开始有一点慌了，因为她总觉得有什么地方肯定弄错了，但是到底在哪里呢？针管是不可能弄伤这个孩子的呀！

关键时候，一个越南的护士赶到了这个孤儿院。女医生把情况告诉了越南护士。越南护士忙低下身子，和床上的孩子交谈了一下。不久后，孩子竟然破涕为笑。原来，那些孩子都误解了女医生的话，以为她要抽光一个人的血去救那个小女孩。一想到不久以后就要死了，所以小男孩才哭了出来。医生终于明白为什么刚才没有人自愿出来献血了！但是她又有一件事不明白了，问越南护士："既然以为献过血之后就要死了，为什么他还自愿出来献血呢？"

于是，越南护士用越南语问了一下小男孩。小男孩回答得很快，不假思索就回答了，回答很简单，只有几个字，但却感动了在场所有的人。他说："因为她是我最好的朋友！"

他只是一个普通人

不要将一个善意的举动视为奇迹，其实每个人都能这么做，只是有人不懂这么做！

撰文/佚名

乍一看去，你看不出她和其他老婆婆有什么差别。此刻，她弓着背，低着头，拖着沉重的脚步，顶着风雪，缓缓地行走在新年繁华热闹的都市人行道上。在她的周围，来来往往的路人行色匆匆。当她孤独的身影闯入他们眼帘的时候，他们都会迅速地将目光转移开，生怕她会使他们想起生活中的那些痛苦和辛酸，以至影响了他们欢度新年的心情。

一对年轻夫妇，一位带着两个小孩子的母亲，一位教士，匆匆从这个老婆婆身边经过，但他们都没有注意到，老婆婆没有穿鞋子，赤足行走在冰天雪地里。

到一个公共汽车站前，老婆婆停了下来，佝偻着身子站在那里。一

个绅士模样的人站在她的旁边，但并没有太靠近她。他担心她的身上可能会患有某种传染病。一个十几岁的小姑娘也在等公共汽车，她注意到了这个老婆婆没有穿鞋，但是她只是看了几眼老婆婆的赤脚，什么都没有说。

不一会儿，公共汽车到了。老婆婆吃力地爬上公共汽车，坐在司机背后靠近过道的那个座位上。这时候，司机看到了她的赤脚，不禁想到：哦，这附近真是越来越穷了。如果他们能够安排我去开学院公园那条线路该多好啊！

一个小男孩也看到了老婆婆的赤脚，便指着她对妈妈说道："妈妈，您看，那个婆婆没有穿鞋。"小男孩的妈妈感到非常尴尬，连忙将小男孩的手拍下来，说："不要用手指着别人，那样是不礼貌的。"说完，她转过头，把目光投向窗外。

"她的子女一定都长大成人了。"这时，一位身穿毛皮大衣的女士愤愤不平地说道，"他们真应该为自己的行为感到羞耻。"旁边的人听了，纷纷加入讨论。

对于同胞们这种漠不关心的牢骚和议论，一位好心的商人非常生气。他鄙夷地瞥了他们一眼，然后从钱包里抽出一张崭新的二十美元钞票，塞进了老婆婆颤抖的手中："给，夫人，拿去给自己买双鞋吧。"

老婆婆点了点头，以示谢意。商人对自己的举动感到非常满意，因为他觉得自己是个实干家，不像那些人只会发牢骚。

当汽车到达下一站的时候，一个年轻的男子上了汽车。他的耳朵里塞着耳机，耳机线连着随身听。和着音乐的节拍，这位年轻人扭动着身体。他就势坐在了靠近过道的一个座位上，正好面对着那个老婆婆。

当这个年轻人的目光偶然瞥见那个老婆婆的赤脚的时候，他顿时停止了扭动，呆呆地注视着老婆婆的赤脚。少顷，他才将目光从老婆婆的脚上移到了自己的脚上。他的脚上穿着一双崭新的、价格昂贵的

名牌运动鞋。为了买这双运动鞋，他省吃俭用，攒了好几个月才凑够买鞋的钱。他的那一帮同伴都认为他穿上这双鞋之后真是"酷毙"了。

年轻人弯下腰，脱下了自己那双昂贵的运动鞋，还脱下了袜子。然后，他在老婆婆的面前蹲了下来。

"大娘，"他轻声说道，"我看到您没穿鞋子。呃，不过，我有。"说完，他小心地将老婆婆结满硬茧、粗糙不堪的脚轻轻地抬了起来，将自己的袜子和漂亮的运动鞋穿在了她的双脚上。老婆婆点了点头，以示谢意。

汽车到达了车站，那位年轻人下了车，赤脚走进了冰天雪地。乘客们纷纷挤到车窗前，注视着那位年轻人拖着赤脚艰难地在雪地里走着。"他是谁啊？"有乘客问道。"我猜他一定是位先知。""我看他一定是位天使。""快看哪！他的头上有一圈光环！"就大家议论的时候，先前那位用手指着老婆婆的小男孩说道："不对，妈妈，他们说的都不对。我看得很清楚，他和我们一样，只是一个普通人。"

天使的翅膀

爱心是一颗万能的仙丹妙药，可以医治包括自卑在内的一切创伤。

撰文/佚名

有一个小男孩，他背上有两道非常明显的疤痕，这两道疤痕就像是两道红色的裂痕，从后颈一直延伸到腰部，并且上面布满了鲜红的扭曲着的肌肉。小男孩因此而感到非常自卑，尤其是上体育课前，当大家都在更衣室换运动服的时候，为了不让同学发现他背部的疤痕，他总是会一个人悄悄地躲在一个小角落里，背朝墙壁，以最快的速度换好运动服。

时间一天一天过去，小男孩背部的疤痕最终还是被同学发现了，有同学嘲笑他，说"真是太恐怖了""真难看""再也不跟你一起玩了"。小男孩听后非常伤心，决定以后再也不在学校里换衣服，体育课也不去上了。

小男孩的妈妈知道这件事之后，对孩子能否健康成长非常担忧，再三考虑之后，她决定去跟老师沟通一下。小男孩的老师是一个很随和的女老师，小男孩的妈妈对她说了儿子背部疤痕的由来："孩子刚出生的时候，就得了重病，我和他爸本来不抱什么希望了，但实在舍不得这么可爱的儿子，幸好一位医术高明的大夫救了孩子的生命。几次手术过后，孩子的命终于保住了，可背部留下了两条清楚的疤痕。"说着，小男孩妈妈的眼睛湿润了，"孩子已经很不幸了，我不想他再有任何心理压力，老师，我希望您能多照顾照顾他，可以吗？"

老师诚恳地答应了。她送走小男孩的妈妈后，思考起来：怎样才能既不伤害其他孩子又使小男孩摆脱自卑呢？她忽然想起自己很久以前听到的一个故事，知道该怎样来解决这个问题了。她嘱咐小男孩说："下次上体育课时，你一定要在更衣室和其他小朋友一起换运动服，好吗？"

小男孩用疑虑的眼神望着老师，老师拍拍他的肩膀，说道："你不相信我？那咱们就拉拉钩。"看着老师慈祥的面孔，小男孩高兴地伸出手指。

很快就要上体育课了，小男孩鼓起勇气在更衣室换运动服，果然不出所料，同学们发出了诧异和厌恶的声音——"好恶心喔……""他的背上长了两只大虫……""好可怕，恶……"小男孩双眼睁得大大的，眼泪已经不听话地流了下来。

　　这时候，门突然打开，老师出现了。几个同学马上跑到老师身旁，指着小男孩的背说："老师你看……他的背好可怕，好像两只超大的虫……"老师没有说话，只是慢慢地走向小男孩，然后露出诧异的表情。"这不是虫哦……"老师眯着眼睛，很专注地看着小男孩的背部，"老师以前听过一个故事，大家想不想听？"同学们连忙围了过来，争先恐后地说："想听！"

　　老师抚摸着小男孩背部那两条显眼的红色疤痕，说："传说每个人都是天使变成的，有的天使在变成小孩的时候很容易把翅膀脱下来，有的小天使的翅膀比较难脱，所以很慢才能脱下来，有的天使还来不及脱下他们的翅膀。那些还来不及脱下翅膀的天使变成的小孩子，就会在背

部留下这样的两道疤痕。"

"哇，这原来是天使的翅膀啊！"

"对呀，现在你们可以看看哪个同学的背部还留有天使翅膀的疤痕？"

大家开始互相检查起来，但没有一个人身上有小男孩那样明显的疤痕。

"老师，你看，我这有。"一个同学兴奋地把背部转向老师，那是一个很小的暗红色印记。

"老师，他那个已经不是了，你看，我这个比他那个明显多了。"高个子的小男孩高声喊道。

同学们争先恐后地比较自己背部的疤痕，有的还因为自己背部没有任何疤痕而失望。他们都向小男孩投去羡慕的目光。

小男孩擦掉自己的眼泪，高兴地笑了。

小男孩长大后非感激老师对他的关爱，"天使的翅膀"深深地印在他的心坎上。

为善良感动

真诚和善良是一对孪生兄弟,真诚因善良而存在,善良要用真诚来表达。

撰文/溶液

赵大爷摔了一跤后,瘫痪在床上不能动弹。赵家一连请了八个保姆,都不满意。赵家一筹莫展,不知道哪里有好保姆。

一天,一个中年男人来到赵家,自告奋勇要当保姆。赵大爷的儿子问:"多少个女保姆都被吓退了,你干得了吗?"那个男人说:"干得了,不信,你可以试用几天。"

真是神了,这个中年男人简直就是天生的护理员,他给赵大爷喂食、洗脸、擦澡、换衣服,非常周到。赵家喜出望外,当即叫这个中年男人不要走了,他们还愿意出双倍工钱。

这个中年男人姓陈,赵家人叫他陈叔。陈叔除了照顾赵大爷外,还陪赵大爷说话,替他按摩身体,活动手脚,并鼓励赵大爷:"你要有信心,

十有八九还是能恢复走路的。"赵大爷说:"陈叔啊,你是我见过最好的人,我不知道怎么感谢你。"陈叔说:"你不用谢我,我照顾你,完全是为了挣钱,我有个儿子读大学,要花很多钱,我应该感激你们。"

赵大爷在陈叔的精心照顾下,半个月后,手脚真的能伸缩活动了。赵大爷惊喜地说:"陈叔,看来不出一年我就能恢复走路,以后你每天扶我下床站一下。"

按摩取消了,可是陈叔有空就对着窗口抽烟,一言不发。赵大爷问:"你怎么了?"陈叔说:"没什么,只是有点心烦。"

半年后,赵大爷能够自己起床了。看见赵大爷一点点恢复健康,陈叔又开始闷闷不乐了。赵大爷问:"陈叔啊,我把你当做朋友,你为什么不肯把心事告诉我呢?"陈叔笑笑说:"其实没什么,我只是想,要不了多久你就恢复健康不需要保姆了,我不知道去哪儿挣钱给儿子读书。"赵大爷握着陈叔的手说:"放心,到你儿子大学毕业我能恢复走路就不错了。"

果然,此后赵大爷恢复得越来越慢,有时甚至倒退,要陈叔帮忙才能起床。陈叔照样天天扶赵大爷起床走路,他趁机试探赵大爷的力量,发现赵大爷已经跟常人无异了。终于有一天,陈叔收拾东西,无声无息地离开了赵家。

临别前他留下一封信,信里说:"赵大爷,我知道你已经恢复了健康,跟正常人没有两样了。你是为了保住我的工作,才假装不会走路吧?谢谢你的好意,请原谅我的不辞而别。"

赵大爷感慨万分地将这封信保存起来,作永久的纪念。

未上锁的门

敞开的家门召唤着迷途的儿女，母亲用无言的行动诠释了对子女无尽的爱。

撰文/（英）凯瑟琳·金

在苏格兰的格拉斯哥，一个小女孩像今天许多年轻人一样，厌倦了枯燥的家庭生活，厌倦了父母的管制。她离开了家，决心要做世界名人。然而她每次满怀希望求职时，都被无情地拒绝了，最后她走上街头，开始堕落。许多年过去了，她的父亲死了，母亲也老了，而她仍陷在无法自拔的泥淖中。

很长时间，母女没有什么联系。可当母亲听说了女儿的下落后，就不辞辛苦地找遍全城。她每到一个收容所都停下脚步，哀求道："请让我把这幅画贴在这儿，好吗？"画上是一位面带微笑、满头白发的母亲，下面有一行手写的字："我仍然爱着你……快回家！"

几个月后，没有什么变化。一天，女孩懒洋洋地晃进一家收容所，

在那儿等着领一份免费午餐。她排着队,心不在焉,双眼漫无目的地从告示栏里随意扫过。就在那一瞬,她看到一张熟悉的面孔:那会是我的母亲吗?她挤出人群,到告示栏前观看。不错!正是母亲,下面有行字:"我仍然爱着你……快回家!"她站在画前,泣不成声。

她不顾一切地向家奔去。当她赶到家时,已是凌晨。在门口,她迟疑了一下,该不该进去呢?终于,她敲响了门。奇怪!门自己开了,怎么没锁门。不好!一定有贼闯了进去。由于记挂着母亲的安危,她三步并作两步冲进卧室,却发现母亲正在安然地睡觉。她把母亲摇醒,喊道:"是我!是我!女儿回来了!"

娘儿俩紧紧抱在一起。女儿问:"门怎么没有锁?我还以为有贼闯了进来。"母亲柔柔地说:"自打你离家后,这扇门就再也没有上锁。"

选择拯救

唤醒心灵良知的不是棍棒，而是久未体悟的善念。

撰文/陈明聪

男孩自小便是问题少年，在家父亲打，在校老师罚。

父亲时常用"肉蒲扇"扇他嘴巴，左右开弓，直打得他鼻血飞溅，脸肿得像馒头，才罢手。母亲也不管，只是在一边悄悄流泪。但第二天，他照样该怎么着还是怎么着。

有一次，父亲盛怒之下将他抡起来，扔了出去。他闪避不及，头撞在了天花板上，也是从那次起，他落下了流鼻血的毛病。他由此发现了一个有趣的现象：只要轻轻一敲打鼻梁，鼻血就像得到指令似的，狂奔而出。从此，每当老师罚他，他就会趁老师不注意，轻叩鼻梁。老师一看他流鼻血了，就慌了神，马上不罚了。

每当父亲打他的时候，他也如法炮制，体罚每次都是见血即止。他屡试不爽，从此学会了欺骗。

体罚成为家常便饭后，便一点用处也没有了。他变本加厉，常常极为熟练地掏父母挂在衣架上的衣服口袋里的钱，几十块到几百块，拿时连眼都不眨。他学会了偷。

直到有一天，他因父亲的一句话而改变。

那天，父亲出远门，下了车站还得坐一趟公车才能到家。为了省两元钱，父亲步行几十里走了回来。

父亲一进门，好像累垮了一般，一边躺下，一边对母亲说："为了心疼两块钱，我步行回来的。"他已成惯偷，又忍不住把手伸进爸爸挂在墙上的外套口袋。但翻来翻去，只翻出两张一元的纸币。那纸币已揉得快烂了，黑黑的，很脏。

平时，他偷了钱喜欢去玩网络游戏，或买爆米花什么的。但那天，他在街上逛了好几圈，始终不忍心将那两元钱花出去。

"为了心疼两块钱，我步行回来的。"父亲的话不断在他脑际回响，触动了他心中最柔软的一处，父亲的

不易，自己的可耻。他第一次为自己的行为产生了不安、内疚和痛苦。最后他像逃跑似的跑回家，将手心中如炭块般烫手的两元钱重新放进父亲的衣袋里。

后来，他一次又一次地将偷来的钱重新放回到父母的口袋中。反复几次后，他终于找回了内心善良的自己，再也没有将手伸到任何不该到达的地方。

男孩后来虽然没能飞黄腾达，但一直做着中规中矩的一介良民，而他的改变，不是源自什么拳棒的训导，而仅仅是源自两元钱的教育！

教育的最高境界本应是"春风化雨，润物无声"。因为，柔软胜于坚硬，和风细雨的言传身教往往比暴风骤雨的拳头棍棒更加奏效：拯救高于惩罚，拯救一个人的灵魂永远比制裁一个人的肉体要高明得多。

最后四根棒冰

人生路上，难忘的一瞬往往是那些萍水相逢的路人给予的独特关爱，绵远而悠长。

撰文/赵荣发

三十多年前的一个夏天，上海西区的一条马路上，一个小男孩拎着一只大口颈的冷饮瓶，一遍又一遍地叫喊着："棒冰，光明牌赤豆棒冰——"小男孩的嗓子因为累，因为着了凉，而有些沙哑。冷饮瓶里能装两打棒冰，全部卖掉的话，可以赚一毛四。

那天下午，天突然变脸，下了一场雨，街头巷尾竟然凉飕飕的。小男孩的瓶里还有四根棒冰，如果卖不掉的话，隔上一天就会化掉，一天叫喝的结果只够保本。天色越发阴暗，风紧起来。小男孩望着行色匆匆的行人，绝望得几乎哭出声来。

马路的一头，相继出现了三辆人力板车。车上堆着装得很高的货，车夫们双手把着长长的木把手，肩上套着纤绳，弓着腰，一步一步地朝

小男孩这儿移来。

第一辆车在小男孩面前停住，等后面两辆赶上来。

"老大爷，买根棒冰吧！"小男孩鼓起勇气，上前一步。车夫不在意似的摇摇头。"老大爷，我妈病了。今天我头一次顶替她，没想到……"小男孩怯怯地带着几分哭腔，"这些棒冰卖不掉的话，就……"

车夫的目光落在小男孩的身上，他满脸的皱纹聚拢起来，如沙丘上的波痕，粗犷中不失温和。他扫了一眼赶到跟前的另外两辆车，对小男孩说："你还有几根棒冰？""四根。""好吧，我全买下了。"车夫掏出钱。

小男孩惊喜万分，接过钱，捧出四根棒冰。"不，三根就够了。还有一根，就算我请你的。我知道你也舍不得尝尝棒冰的滋味。"车夫说着，不容争辩地把一根棒冰留在瓶里。他抽出那只粗糙的大手，在小男孩的头上摸了一下。小男孩觉得一股暖流从头顶传到心里，鼻腔不觉一酸，眼眶里顿时盈满了泪水。

这天，小男孩带着最后一根棒冰回到家。他想让发烧的母亲吃了棒冰退些热度。他跟母亲讲了刚才发生的事。母亲听完，欠起身，双手搂着儿子瘦瘦的肩胛，说："孩子，你长大以后，不管成了怎么样的大人物，也不能忘记今天的事。"小男孩使劲点点头。

那个小男孩就是我。那年，我八岁。

三十多年过去了，但是那个在雨后的凉意中出现在我面前的老车夫的印象，不仅没有消退，反而随着岁月的推移而越显清晰，他使我懂得怎样做一个平凡而又善良的人——纵然在世情变幻的生活中。

最后一块钱

幸运有时也是自己撒种后收获的果实，只不过这粒种子很特殊，它叫爱心。

撰文/佚名

卡姆是我童年的朋友，我们俩都喜爱音乐。卡姆如今是一位成功人士。

卡姆说，他也有过穷困潦倒只剩一块钱的时候，而恰恰是从那时开始，他的命运有了奇迹般的转变。

故事得从20世纪70年代初说起。那时卡姆是得克萨斯州麦金莱市KYAL电台的流行音乐节目主持人，结识了不少乡村音乐明星，并常陪电台老板坐公司的飞机到当地的音乐中心纳什维尔市去看他们演出。

一天晚上，卡姆在纳什维尔市赖曼大礼堂观赏著名的OLEOPRY乐团的终场演出——第二天他们就要离去了。演出结束后，一位熟人邀他到后台与全体OLEOPRY明星见面。"我那时找不到纸请他们签名，只好掏出了一块钱，"卡姆告诉我，"到散场时，我获得了每一个歌手的亲笔签名。我小心翼翼地保存着这一块钱，总在身上带着，并决心永远珍藏。"

后来，KYAL电台因经营不善而出售，许多雇员一夜之间失了业。卡姆在沃思堡WBAP电台好不容易找了个晚上值班的临时工作，等待以后有机会再转为正式员工。

一九七六年到一九七七年的冬天冷得出奇，卡姆那辆破旧的汽车也失灵了。生活非常艰难，他几乎囊空如洗，靠一位在当地超级市场工作的朋友的帮助，有时搞来一点过期的盒饭，才能勉强使妻小不饿，零用钱则一分也没有。

一天早晨，卡姆从电台下班，在停车场看到一辆破旧的黄色道奇车，里面坐着一个年轻人。卡姆向他摇摇手后，车开走了。晚上他上班时，注意到那辆车还停在原地。几天后，他恍然大悟：车中的老兄虽然每次看见他都友好地招手，但似乎没有从车里出来过。在这寒冷刺骨的下雪天，他接连三天坐在那里干什么？

答案很快就有了："当我走近黄色道奇时，那个男人摇下了窗玻璃，"卡姆回忆着，"他做了自我介绍，说他待在车里已好几天了——没有一分钱，也没有吃过一餐饭；他是从外地来沃思堡应聘一个工作的，不料比约定的日子早了三天，不能马上去上班。"

"他非常窘迫地问我能否借给他一块钱吃顿便餐，以便挨过这一天——明天一早，他就可以去上班并预支一笔薪水了。我没有钱借给他——连汽油也只够勉强开到家。我解释了自己的处境，转身走开，心

里满怀歉疚。"

就在这时，卡姆想起了他那张有歌手签名的一块钱。内心激烈斗争了一两分钟后，他掏出钱包，对那张纸币最后凝视了一会儿，返回那人面前，递给了他。"好像有人在上面写了字。"那男子说。但他没认出那些字是十几个签名，把钱装进了口袋。

"就在同一个早晨，当我回到家，竭力忘掉所做的这件'傻事'时，命运开始对我微笑，"卡姆告诉我，"电话铃响了，达拉斯市一家录制室约请我制作一个商业广告，报酬五百美元——当时在我耳里就像一百万。我急忙赶到那里，干净利落地完成了那活儿。随后几天里，更多的机会从天而降，接连不断。很快，我就摆脱困境，东山再起了。"

后来的发展已尽人皆知，卡姆不管是家庭还是事业都春风得意：妻子生了儿子；他创业成功，当了老板，在乡村地区建了别墅。而这一切，都是从停车场那天早晨他送出最后一块钱开始的。

卡姆以后再没见过那个坐破旧黄色道奇车的男子，有时不禁产生了遐想：他到底是一个乞丐，还是一个天使呢？这都无关紧要，重要的是，这是对人性的一场考验，而卡姆通过了。

图书在版编目（CIP）数据

感动中国学生的100个真情故事：聆听爱的声音／龚勋主编．—汕头：汕头大学出版社，2012.1（2021.6重印）
ISBN 978-7-5658-0546-2

Ⅰ．①感… Ⅱ．①龚… Ⅲ．①故事－作品集－世界 Ⅳ．①I14

中国版本图书馆CIP数据核字（2012）第008776号

感动中国学生的 100 个真情故事
聆听爱的声音……

GANDONG ZHONGGUO XUESHENG DE 100 GE ZHENQING GUSHI LINGTING AI DE SHENGYIN

总 策 划	邢 涛	印 刷	唐山楠萍印务有限公司
主 编	龚 勋	开 本	705mm×960mm 1/16
责任编辑	胡开祥	印 张	10
责任技编	黄东生	字 数	150千字
出版发行	汕头大学出版社	版 次	2012年1月第1版
	广东省汕头市大学路243号	印 次	2021年6月第7次印刷
	汕头大学校园内	定 价	34.00元
邮政编码	515063	书 号	ISBN 978-7-5658-0546-2
电 话	0754-82904613		

● 版权所有，翻版必究　如发现印装质量问题，请与承印厂联系退换